大漠鵬城

③ 橫劍江湖

蕭瑟 —— 著

章	標題	頁
第一章	雪夜狼陣	5
第二章	辣手毒婦	28
第三章	兩代情仇	45
第四章	毒門二老	74
第五章	北斗劍陣	89
第六章	五陰絕脈	108
第七章	追魂斷魄	125
第八章	白玉冷劍	147
第九章	毒魔神功	160

章節	標題	頁碼
第十章	碧眼尊者	177
第十一章	毒門五聖	186
第十二章	萬毒真經	207
第十三章	自縛春蠶	220
第十四章	漫天劍影	235
第十五章	摧肝斷腸	257
第十六章	天毒攻心	272
第十七章	搜穴過宮	286
第十八章	橫琴弦雨	304

第一章 雪夜狼陣

西門熊方待說話之際,突地狼群一陣長嗥,嗥聲淒厲慘烈,直通雲霄,使人聽了,汗毛豎立。

石砥中一驚,汗毛豎立。

西門熊冷冷道:「這是狼的遺傳特性,見月便狂嗥狂叫一番。」

他話聲未了,突地身形一閃,趁石砥中一個疏忽之際,進了帳篷。

石砥中怒罵一聲,一挺長劍,也躍進帳篷。

帳中那伏臥的汗血寶馬,被人聲驚醒,早已站了起來,此刻一見西門熊躍進帳裡,長嘶一聲,張嘴便咬。

西門熊罵道:「好畜牲!」

他右手一擒，待要拉住韁繩。

驀地——

石砥中大喝一聲，一圈劍痕自劍尖飛起，朝西門熊胸前射去。

「劍罡！」

西門熊眼見一輪光暈自劍尖升起，寒芒颼颼，冷氣逼人。

他驚叫道：「劍罡！」

他是在驚奇以石砥中這種年紀，竟能窺及劍道最高堂奧，練到劍罡之術。

剎那之中，他身如飛絮，已飄開丈外，逼開那鋒銳犀利的一擊。

石砥中臉色凝重，雙眉軒起，劍上光暈一暗，他雙手捧著長劍仍像負有千鈞重擔似的，又是向前一送。

他運劍向前一擊，身形已經滑出七尺，劍刃平伸，正好對著西門熊而去。

「嘿！」西門熊冷哼一聲，背脊已經貼住帳篷。

劍罡一輪飛出，西門熊身形一晃，自爍亮的光痕下躍了開去。

「嗤拉——」

劍尖穿過帳篷，切開一條長長的裂縫，強風頓時自裂口灌了過來。

西門熊雙眼一瞪，右臂一伸，五指一斂，趁石砥中兩股力道擊出後的空隙，急襲而出。

第一章 雪夜狼陣

「鏘！」一聲輕響，石砥中手上的長劍斷為六截。

一股強勁的力道自劍柄傳來，直撞上身，石砥中手腕一麻，立身不住，直退四步之外。

西門熊朗笑一聲，單掌順勢直上，直劈兩掌。

石砥中被逼得毫無還手之力，只得退身避開。

西門熊眼見自己已將石砥中迫到帳篷旁，他眼中露出凶狠的神光，全身骨骼一陣密響。

石砥中大喝道：「西門熊，你說的話算不算數？」

西門熊兩眼一瞪，道：「我說過什麼話來？」

石砥中冷哼一聲，道：「你自己知道！」

西門熊思緒一轉，朗笑道：「我曾說過不要你的命，但是卻沒說不傷你！」

石砥中凝聚全身之力，右掌一揚，劈出一道狂飆，左掌貼胸，凝氣定神，緩緩拂出。

西門熊沒料到石砥中已被逼至帳篷邊，竟還能出掌，他揮掌一劈，接下對方擊來的勁道。

但是石砥中隨後又揮出一記佛門「般若真氣」，勁風宏闊，有似海潮呼嘯

而至，直撞上身。

西門熊手腕一沉，「喀喀！」之聲大作，一股迴旋的勁道自掌中發出。

「砰！」的一響，將帳篷裡的沙土都激得飛起，頓時眼前一片模糊。

石砥中身形直飛而出，「嗤！」的一響，衝破帳篷跌了出去。

西門熊也立身不住，自帳篷裂口處退出。

他狂吼一聲，道：「哇！氣死我也！」

敢情他橫行江湖，除了曾在天龍大帝東方剛手下吃過虧之外，所向無敵。

此刻因為手抱西門錡，復經過狼群追逐，故而真力消耗不少，而致被石砥中全力攻出的「般若真氣」擊得退出帳外。

他心中惱怒無比，拂了拂灑得滿頭的沙土，待要再次衝進帳篷裡。

他知道汗血寶馬腳程之速，幾可追雲逐電，若是能跨了上去，定可避過狼群的追蹤，而脫離險境。

但是就在他待衝之際，身旁狂嗥之聲大作。

他猛一回頭，只見火圈因燃燒過久，火勢漸弱，灰燼又被寒風吹過，故而狼群蠢蠢欲動。

他身形一晃，躍到圈中，將西門錡放在地上，捧起一堆枯枝，朝那火勢弱小之處躍去。

第一章　雪夜狼陣

果然，那當先的幾隻狼，一見火勢低弱，狂嗥一聲，鼓起勇氣，自火上躍過，朝西門錡撲來。

西門熊大喝一聲，右手一兜，握拳直搗而出，頓時將那躍進的兩隻大狼擊得血肉橫飛，又跌出火圈之外。

他將枯枝堆上，身形遊走，順著火圈行去，在那火勢弱小之處，加添枯枝。

待他繞過帳篷，便見到石砥中正自手忙腳亂地站在一道火圈裂口處，擋住那洶湧撲上的狼群。

他暗自冷笑一聲，掌勁一繞，待要從背後給石砥中一記「五雷訣印」。

他知道自己只要連出三掌，石砥中便必得受到重傷，跌出火圈之外，而被狼群分屍，則自己可少一大患……。

但是就在他聚勁凝功之際，他心中意念一轉，忖道：「我若是現在殺死他，豈不是有違我剛才所立之諾言，這可萬萬不能！」

他大喝一聲道：「石砥中，你去搬些柴來，我來擋住這些畜性！」

喝叫聲中，右拳一撞，強勁如潮，拳風湧出，將撲上的三隻大狼擊得飛起老高。

石砥中聞聲一驚，隨即抽身躍下，將柴枝捧起，添在將要熄滅的火圈裂

口處。

西門熊已連出四拳，「五雷訣印」的強勁拳力，一道強似一道，有似風雷迸發，將圈外狼群擊得狂嗥不已，頓時空出一個大圈。

西門熊見石砥中已將枯枝燃好，火勢立時又旺盛起來。

他問道：「姓石的，你還好吧！」

石砥中答道：「在下很好，多謝前輩剛才沒要我的命！」

西門熊「嘿！」的笑了一聲，道：「現在你吃我一拳看看！」

石砥中一愕，只見西門熊回拳一擊。

那架式正是自己所熟悉的，他不由自主地叫了聲道：「五雷訣印！」

西門熊大笑道：「正是五雷訣印！」

他那運出的拳勁已因連環擊出四拳，而使功力匯聚得更是剛勁，幾至裂石穿嶽急撞而出。

石砥中身形一晃，心知自己接不下這圈強如巨石撞來的拳勁，所以他施出「崑崙雲龍八式」的輕功，避開這沉重的一擊。

西門熊目中射出駭人的神色，悶哼一聲，右手骨骼一陣輕響，整個右臂又前伸數寸。

他這種縮骨增骨的神功使將出來，石砥中不由大驚。

第一章 雪夜狼陣

那股剛猛的勁道，已挾著急嘯之聲，急速地衝撞上來，不容石砥中再有任何考慮的機會。

他低喝一聲，右掌一揚，左掌劃一半弧，合掌揮出一股「般若真氣」。

「轟！」一聲巨響，氣勁旋激，狂飆瀰然。

石砥中跌飛而出，有似脫線紙鳶，飛出二丈之外，一跤跌在狼群之中。

他噴出一口鮮血，狂吼一聲，立身而起，雙掌交拂，起落之間，已將圍上身來的大狼劈死幾條。

他急喘幾口氣，右手飛快伸進懷裡，掏出那還魂果來。

他知道自己已被西門熊擊傷內腑，若是不能在狼群湧上之前脫身，必會被吃得屍骨無存。

急病亂投醫，他只得掏出懷中所有的還魂果來，希望服下之後，能立即療好傷勢。

他一把掏出還魂果之際，已將那支短笛及紅火寶戒同時掏出。

黑夜茫茫，陡然間一道燦亮的紅光升起，將他全身罩住。

石砥中沒料到紅火寶戒竟會如此耀眼，閃出輝燦的紅光，他也沒多管，一把便將放在玉瓶裡的還魂果吞下。

就在他吞下還魂果時，他眼見狼群狂嗥一聲，離得遠遠的，生似害怕自己

一樣。

他微微一愣，隨即想到狼性怕火，而自己所得的這枚紅火寶戒，火芒燭天，有似烈火熊熊燃燒，故而使狼群害怕……

他靜立狼群之中，凝神靜氣，待要運功調和丹田真氣，突地，他覺得全身湧起一陣冷颼的寒氣。

他不由自主地打了個寒噤，忍不住牙關格格作響，全身都冷得發抖。

西門熊站在火圈之內，眼見石砥中被自己擊得吐血跌出火圈，落在狼群之中。

他認為石砥中這下一定屍骨無存了，不由嘆道：「可惜！可惜，這麼一個絕世奇才就此死去……。」

其實他心中固然痛快得很，因為江湖上將少一個與自己爭鬥之人，而且石砥中是死於狼吻之下，並非是自己殺死的，也並不違背剛才的諾言。

他心中那種遺憾摻雜著喜悅的情緒，心情還未平靜之際，突地見到狼群中衝起一道紅光。

那些狂噪的狼群頓時空出一個空隙，而石砥中卻昂然直立於群狼之中。

西門熊心中頓時激起一層驚怒之意，他大叫道：「石砥中，你那手中拿的是什麼？」

第一章 雪夜狼陣

石砥中理都沒理他。

西門熊怒吼道：「原來那紅火寶戒就是被你拿走的？你敢惹上我⋯⋯！」他身形騰空而起，在夜空中掠過，有似流星劃空，朝石砥中存身之處躍去。

石砥中正在全身寒冷得顫抖之際，已見西門熊御空飛躍而來。他雙掌一揚，攻出兩式「將軍執戈」、「將軍撐天」，掌影片片，圈圈勁風旋激而出，直逼西門熊。

西門熊在空中，立掌直切，掌出如刀，犀利無比地連出四掌，自石砥中雙掌空隙裡進攻。

石砥中身形一閃，腳下進退之間，連出三掌六腿，迅捷如風。

西門熊身未落地，已受到石砥中攻出三招之多。他心中驚惶無比，忖道：「這石砥中到底是何來歷？剛才受了那麼重的傷，現在竟又完好如初，而且功力還似又強了兩分。」

他指掌齊施，接下石砥中攻來的三掌六腿，身形才落在地上。

目光瞥及石砥中指上戴著的紅火寶戒，他驚疑地忖道：「莫非這寶戒除了有袪毒之功，還能夠增進功力，自療暗傷不成？」

石砥中眼見西門熊逼進光圈之內，那些狼群雖然蠢蠢欲動，卻不敢躍起，

而自己渾身寒冷，不能遏止……。

他心意一轉，立時要飛身躍進火圈之內，以免和西門熊同時置身於狼群之中。

誰知西門熊竟然已經看清楚他的冀圖，未等他脫身而去，已冷哼一聲，旋掌移身，攻將過來。

他這幾式來得詭絕無比，逼得石砥中閃挪騰躍，都脫不了他指掌所及之處。

西門熊冷哼道：「你膽子好大，竟敢劫下大內之物！今日可莫怪我心狠手辣了！」

石砥中狠聲道：「石砥中還怕你嗎！」

西門熊喝道：「無知孺子，你還口硬！」

石砥中冷冷道：「我倒也只見到像你身為武林前輩，卻言而無信，哼！真個令我齒冷！」

西門熊怒睜雙眼，右手倏然增長四寸，一把擒住石砥中腕脈，狠聲道：「你說什麼？」

石砥中用力一掙，沒有掙脫，他重重地「啐！」的一聲，吐出一口唾沫，朝西門熊面上吐去。

第一章 雪夜狼陣

西門熊頭一偏,一巴掌拍出,「啪!」的一聲,打得石砥中眼冒金星,半邊臉立刻腫了起來。

石砥中急怒之下,胸中氣血一衝,「哇!」的一聲,直噴西門熊臉上。

他這一口血噴出,只覺全身舒暢無比,剛才那股寒冷刺骨的感覺,頓時消失得無影無蹤。

心中一驚之下,隨即又是一喜,他一抖手腕,腳下飛踢一足,迅速絕倫地向西門熊小腹踢去。

西門熊被噴得一臉都是血,還沒擦乾,已覺手上微微一麻,對方竟然已從自己的掌握之中掙脫。

他微愣一下,已覺小腹風勁條然襲至。

他毫不思索,右手一撈,往踢來的足尖抓去。

石砥中低喝一聲,左足點地,略一用勁,身子已如脫弦之矢,直衝空中。

西門熊一把落空,身外狼群因為沒有被那紅豔如火的光芒逼住,而至大聲狂嗥,飛撲上來。

西門熊心中湧起從未有過的怒意,狂吼一聲,出掌如風,連碎十隻狼頭,濺得一身都是血。

石砥中雙臂一振，一聲清吟，身形美妙無比地劃了一個大弧，迴空旋了兩匝，落在火圈之內。

他深吸口氣，擦了擦嘴角的血跡，也沒想出自己為何會噴出一口鮮血而致通體舒暢。

其實他因為一下子服下幾顆還魂果，而那還魂果產於深谷裡鏡湖之中，寒煞之極，故而一時之間，渾身會冷得發抖。

待至他被西門熊一掌打在臉上，氣血一衝，急怒之時，更是渾身熱血沸騰，以致於噴出血來。

還魂果的寒煞之力，已全部被化盡，滲入經脈中的乃是那凝聚真氣，與健固筋骨之效。

他撫著腫起的臉頰，望著西門熊在狼群裡怒揮鐵掌的情形。

西門熊在狼群，發出凶狠而淒涼的嗥聲。

西門熊在狼群裡衝來衝去，霎時便劈死數十隻大狼，血肉飛濺，狂嗥陣陣⋯⋯。

那種慘烈的情景，真個動人心魄，使得石砥中都有點不忍目睹。

西門熊渾身浴血，狂笑一聲，已飄落火圈之內。

他咧開大嘴，露出白森森的牙齒，道：「老夫現在已連殺八十七頭大

第一章 雪夜狼陣

他凝望石砥中道：「剛才我若施出『冥空降』，你將立即斃命，但是我卻總認為你說的話很對，人不能做出令別人恥笑的事來，否則很難抬得起頭！」

他微微一頓，又道：「所以我放過了你！」

他目光瞥向西門錡臥倒之處，肅然道：「我兒子也沒你這樣行！的確，我很欣賞你⋯⋯。」

石砥中見到西門熊神態中毫無一絲狠毒之意，一時之間倒不知道西門熊葫蘆裡賣的什麼藥，打的什麼主意。

他默然地望著西門熊，沒有再說什麼。

西門熊仰首望天，對著夜空嘆了一口氣，又緩緩側過頭來望著石砥中。

他驀地一咬牙，狠聲道：「今日饒過你，下次再遇到了，我一定要殺了你。」

石砥中默然點了點頭，沒有說什麼，他只是凝望著天空，心中充溢著一股興奮而又微帶遺憾的情緒。

他似乎因為剛才能與西門熊搏鬥那麼久而感到滿足⋯⋯。

× × ×

夜風吹拂著，帶來陣陣血腥之氣。

火圈之外，狼群分食了那數十隻死狼的遺骸，而致有了些微滿足，很平靜地伏坐在雪地上。

月過中天，時而飄過數片烏雲，但是很快地，又恢復了光亮與安詳。

西門熊大步走到西門錡躺臥之處，低下頭來看了一眼，又朝石砥中看了一眼。

他沉吟一下，道：「姓石的，你認識東方剛的那小妞？」

石砥中微微一愕，道：「你說的是東方萍？」

西門熊嘿了一聲，道：「除了那個寶貝女兒外，東方剛還有什麼女兒？」

石砥中點頭道：「認得！」

西門熊兩眼盯緊石砥中，道：「怪不得這次他會不應許我兒的求親，而想拖延下去。」

石砥中眉頭一揚，道：「什麼？你這次是去求親的？」

西門熊微微一笑，道：「正是如此……。」

他反問道：「難道你不知道他以前曾經應允過，與我結為兒女親家？」

石砥中兩眼盯緊著西門熊，抑制不住心中的緊張。

第一章 雪夜狼陣

他焦急地問道：「真有這事？」

西門熊昂然道：「這還有虛假的嗎？」

石砥中想了一下，道：「你剛才說天龍大帝不應允婚事？」

西門熊狡黠地一笑，道：「他說他那寶貝女兒年紀還小，而且中間礙著你。」

石砥中詫道：「這話又是怎講？」

西門熊左右顧盼一下，道：「這火圈看來快要滅了，你何不去取點枯柴來，就是樹枝也好。」

石砥中見西門熊顧盼左右而言他，不由冷笑一聲，道：「既然樹枝沒有了，你何不去取些來？」

西門熊道：「我兒子體力未復，現在正在酣睡之際，我若是走出圈外，他豈不遭你殺害？」

石砥中冷哼一聲，道：「你若趁我去取樹枝之際，騎了我的馬朝另一邊奔去，我豈不要死於狼吻之下？」

他微微一頓道：「何況你可以先將令郎睡穴解開，豈不是不怕我的暗害了嗎？」

西門熊哼了一聲，道：「我若是想要殺你，今日一定能令你粉身碎骨！」

石砥中冷冷地望了西門熊一眼，道：「今日你若是能殺了我，你早就動手了，又何必等到現在？」

西門熊一躍而起道：「你說什麼？」

石砥中冷冷道：「你因為在天龍谷與天龍大帝拚鬥過，受了點傷，狼狽地逃出時，又遇見狼群，更消耗了你不少精力，故而你此刻若要殺死我，你一定也會到筋疲力竭的程度，非死於狼爪之下不可。」

西門熊心中一顫，忖道：「想不到這小子城府如此之深，他在承受生命威脅之際，還能冷靜考慮，這種人豈能留於世間。」

敢情他果真是因為替西門錡去天龍谷求親，結果遭到東方剛的反對，故而與東方剛發生爭執，起了衝突。

他最後被天龍大帝擊傷，而逃出天龍谷，復又遇見餓狼由於大雪而出來覓食，以致馬匹和隨從都葬於狼腹⋯⋯。

他心中意念飛轉，臉上卻絲毫不露聲色，陰鷙地望著石砥中。

好一會，他嘿嘿冷笑道：「你的想法很是天真，竟會想到這上面去了。」

他臉色一變，又道：「你真是要我破誓，在今日殺死你嗎？」

石砥中深吸口氣，道：「在今日我們只有互相幫助，否則你在置我於死地時，你也將死無葬身之地。」

第一章 雪夜狼陣

西門熊冷哼一聲，道：「我在殺死你時，就可以取得那枚紅火寶戒，而且還可以騎著你那匹得自柴倫的紅馬……。」

石砥中朗笑一聲，道：「那匹馬任何人都不能騎，除了我與七絕神君外，牠不受任何人指揮的，而且那枚紅火寶戒在白天也無法發出那麼強烈的紅光。」

西門熊猶豫一會，已見到躺在地上的西門錡身軀動了一下。他臉上立即泛起一層欣喜，飛指一拂，連點西門錡四大穴道。

石砥中微微一愣，不知道西門熊這是什麼意思，卻已見到西門錡咳了一聲，躍起身來。

西門熊道：「錡兒，你完全好了？」

西門錡點頭道：「兒已覺得完全好了！」

西門熊道：「你再運氣查查『風府穴』看看，我知道東方剛那老鬼不至於對你下毒手，但也不可不慮……。」

西門錡運氣內查周身穴道，已不覺有任何不適之處，他點頭道：「兒已完全好了！」

西門熊一拍掌，道：「現在該輪到我們爺倆對付回天劍客了！」

西門錡目光一斜已瞥見石砥中，他微愣之下，立即冷哼道：「石兄，又碰

石砥中眼見西門錡眼中神光充足，那初躍進火圈時的頹傷疲憊的樣子已完全消失了。

他心中暗忖道：「想不到幽靈一脈的功夫，能藉熟睡而消除疲憊，充實內力，甚而療傷……。」

他吸了口涼氣，繼續忖道：「現在他們若不顧面子，合擊而上，那我在十五招之內必將死於非命，我必須要趁他們還未考慮是否要合擊我之前，先行逃出這兒。」

這些念頭有似電光石火在他腦際閃過，他很快地決定了自己馬上應該怎樣做。

西門錡見石砥中沒有說話，他臉上立即泛出一層殺意。

西門熊道：「錡兒，就是他使東方萍離谷出走的嗎？」

西門錡點點頭，狠聲道：「石砥中，我今日非殺了你不可！」

西門熊朝火圈的柴枝看了一遍，道：「錡兒，這火圈還可燒一炷香光景，在這段時間裡，我們收拾他！」

西門錡一怔，問道：「爹，您受傷了？」

西門熊道：「現在我只有昨天的六成功力……。」

第一章 雪夜狼陣

西門錡哦了一聲，忖道：「怪不得我詫異爹怎會不早殺了他？原來是恐怕戰至精疲力竭時會使得我不能醒來，而這四外都是餓狼……。」

他一看到石砥中，轉眼之間，臉色變得凶狠無比，敢情他想到這次去求親被拒，完全是由於石砥中從中橫刀插入之故。

他豎掌一劈，身形閃騰之間，已撲到石砥中面前。

石砥中斜身一讓，左臂伸直，駢指劃出，長臂似劍，揮出一式「將軍執戈」。

指掌劃開空際，發出旋激的嗤嗤之聲，氣勁旋動，帶起西門錡身上襤褸的衣裳，飄飄欲飛。

西門錡見對方隨意劃出的一式，便有如此功力，心中一凜，雙掌交拂，展開一套「絕脈斷筋手」。

只見他口中微嘯，身形飄忽，雙掌時而斜劈，時而直切，交互應用，虛實並生，威力很是不小。

石砥中目光犀利，一眼便看出對方這種狠毒的掌法似是才練不久，故而其中漏洞不小。

他低喝一聲，連接十二掌，趁著一絲空隙，雙掌交迫，左掌一式「將軍盤嶽」，右掌一式「斜剔雁翎」，沉猛無比地連攻而去。

西門錡似是沒料到對方竟能在短短幾個月中，功力精進如斯，一連攻出了十二式竟都不能迫退他半步……。

他正待變換招式之際，已見到石砥中奮不顧身地疾攻而來。

急亂之中，他低吼一聲，雙掌直搗而出。

就在他雙拳搗出之際，西門熊大吼道：「下盤小心！」

西門錡乍聞呼聲，已不及躲開，石砥中飛踢而出的一腿正踢中他的小腹。

西門熊身形如風，飛旋直上。

西門錡發出痛苦的一聲喊叫，跌出八尺開外，臥倒地上。

「呃——」

他躍在空中，眼光閃處見到西門錡沒有滾出火圈之外，所以身軀一折，自空中斜撲而下。

一陣密如炒蠶豆的聲響，西門熊身軀陡然龐大了不少，全身衣裳也都高高鼓起。

陰毒寒颯，卻又似群山傾倒的強勁狂風，自四外合攏壓將下來。

石砥中曉得這是幽靈大帝的邪門第一奇功「冥空降」。

他心中霎時泛起一層恐怖的情緒，駭怕之中，他奮起全身勁力，仰身長嘯，雙掌飛抖而出。

第一章　雪夜狼陣

「般若真氣」劈出，氣勁發出尖嘯，互一碰觸，立即響起一聲巨響。

石砥中身形一移，雙掌連劃，在滿空的沙泥下，削破那漩渦似的勁風，飛身斜躍而起。

馬聲長嘶，汗血寶馬自帳篷裡衝了出來。

西門熊怒吼一聲，身如陀螺急轉，狂飆似大漠的颶風，漩渦般的氣浪將方圓四丈都罩滿了。

石砥中感到一股窒息的痛苦感覺罩上來，他全身有似被緊緊壓擠著，即將就要爆裂……。

他臉上湧起痛苦的神色，肌肉不停地抽搖，汗珠布滿臉孔……。

「呃——」他喊叫了一聲，雙掌似挽千鈞重弓，朝兩旁一分。

剎那之間，他全身衣袍一齊隆起，氣勁旋激起，密雷似連珠般響起。

他身形飄飛而起，四肢擺動，有似魚在水中游動，滑溜無比地脫出西門熊的迴旋氣勁中。

西門熊眼見石砥中竟然在千鈞一髮之際，看出了自己勁道的迴旋處，而順著迴旋之力，脫出自己的勁力範圍之外。

他驚忖道：「好聰穎的人，真是天下第一奇才……。」

一念乍落，他暴喝一聲，道：「你往哪裡去！」

急銳的勁道呼嘯而至，向正躍在空中的石砥中撞將過去。

石砥中痛苦地大叫一聲，背上的衣衫一齊破裂，破絮散得滿空都是，身軀有似遭到巨捶，直飛出三丈之外，跌落火圈之外。

西門熊也自空落下，他急喘兩口氣，然後發出嘿嘿的冷笑。

眼見石砥中即將死於狼吻之下，驀地紅馬長嘶，飛騰而去。

四蹄飛踢，狼嗥陣陣，紅馬奮起神勇，將圍攏石砥中的大狼都踢開。

牠張嘴一咬，將石砥中衣衫咬住。

剎那間，紅馬騰空而起，有似天馬翔空，月光下閃過一道紅影，似是奔月而去。

「啊——」

西門熊眼見這神駿的紅馬在狼群中救主的一幕，不禁呆了一呆。

狼群長嗥，似潮水般地追趕而去，很快便消失在黑暗中。

西門熊正待轉過身來，突地見到幾條還未奔去的大狼，在剛才石砥中跌倒之處舐著血。

他哼了一聲，正待將滿腔怒火發洩在這幾條狼身上，卻已見到那幾條大狼慘嗥一聲，互相咬噬起來。

僅僅剎那之間，那幾條大狼便先是抽搐了一陣，然後齊都死去，雪地上流

得一片黑色的血……。

西門熊一怔，忖道：「這些野狼，怎會突然中毒……。」

他思緒一轉，突地想到一事，不由大叫一聲道：「他的血裡有毒！」

夜風呼呼而過，經過一夜的嘈雜與拚鬥，他覺得一股深深的空虛湧上心頭，心裡竟然有些恐懼。

四周的狼群齊都散開，他卻有孤寂的感覺，這使得他自己也有點不大明白。

他喃喃地道：「他的血裡有毒……。」

唸了一下，他大叫道：「他是毒人！他已經是毒人！」

夜風將他的吼叫傳出老遠……。

第二章 辣手毒婦

冷颼的寒風颳面而過,石砥中自昏迷中醒了過來。

他恍然仍在睡夢中,但是當他眼見四外一片皚皚白雪時,頓時便記起那在雪夜裡的情景。

仰身而起,他發覺背上衣衫全裂,但自己存身於冰天雪地中,卻不覺絲毫寒冷。

他十指伸開,梳了梳散亂的頭髮,然後輕嘆了口氣。

他想起自己曾有十次以上,都是面對強敵,而奮戰至昏迷為止。

每經一次生死搏鬥,他的功力便邁前一大步,以致於逃生於幽靈大帝的「冥空降」邪門奇功之下。

他自言自語道:「石砥中呀!天下武學中的每一個成名人物你都會過了,

第二章 辣手毒婦

他站起身來，只見四周都是冰雪，自己所存身之處卻是一個大雪堆底下的凹穴。

他想到昨晚幸得自己身上帶著「還魂果」，故而服下後增加不少勁力，而幽靈大帝西門熊卻因與天龍大帝東方剛拚鬥受傷，復又受到狼群千里追逐，所以自己才能在此長彼消的情況下逃得性命。

一想到狼群，他不禁驚慌地四下一望，卻沒見到什麼，連汗血寶馬都不在附近。

他略一運氣，發覺全身都很舒暢，血液中似乎有一股興奮而強壯的力量。

他深吸口氣，然後仰天長嘯，欲以嘯聲來呼喚他的汗血寶馬。

嘯聲宏亮無比，雄渾的勁道使得他的嘯聲像似有形之物，向著四外撞擊而出。

他身旁的雪堆都簌簌地掉落了許多積雪，混和著細碎冰粒的積雪，落得石砥中一頭都是。

嘯聲在雪地中迴盪著，好一會方始完全歇去。

等了好一會，他都沒見到汗血寶馬的行蹤。

他暗忖道：「大紅會跑到哪裡去了，糟了！我的衣囊還在鞍上呢！」

他目光朝四邊一望,突地見到兩座雪白的山峰,高聳入雲,在陽光下閃著銀色的光芒。

「哦!」他驚叫一聲,忖道:「這不是天龍谷外嗎?」

他上次來到大漠時,是在秋天,而現在已是嚴冬了。

沙漠上遍蓋白雪,連那挺拔的山峰也都整個被白雪覆蓋,是以在蒼茫的天空下,好似透明一樣,都渾然合成一色了。

石砥中看到那當日自己瞎闖上的天龍谷外的兩座高峰,心中湧起一股說不出的興奮。

他欣然忖道:「大紅真是神馬,把我帶到這裡,眼看便可見到萍萍了……。」

他頓時之間已經忘了昨夜苦戰西門熊的事情了,此刻,他眼前浮現的是東方萍那美麗的黑眸和那披肩的長髮。

那似弓的櫻唇翕動著,細柔的睫毛,編織出無限柔情,投注於石砥身上……。

在幻想中,石砥中醉了,他臉上浮現起了微笑。

他喃喃地道:「萍萍!我就來了。」

他振臂一抖,身如飛燕,直躍五丈餘高。

在空中,他回身一折,直落六丈之外,身形曼妙無比,真似脅生雙翼

僅僅三個起落，他便已來到兩座山峰之前。略一忖查，他朝左邊疾行而去。

繞過山腳，他看到那當日自己闖入谷中的雜樹林。樹枝根根都已變成枯枒，沒有一絲綠葉在上面了，更沒有當日那紅白相雜的花朵。

石砥中毫不猶豫地閃身躍入雜樹林中，幾個轉折，他依著陣法中正確方位行去，很快便行出雜樹叢。

眼前流水低咽，緩緩而過，遠處水聲淙淙，一條瀑布自峰腰掛下。石砥中只見在這寒冬時節，谷中也僅是樹葉脫落，青草變黃而已，直似秋季一樣。

谷中的情形，對他來說，時刻都記在心頭。

他暗忖道：「今日我總不會被天龍大帝一招便擊敗，就是他再施出那門『天龍大法』來，我也不會立即便敗。」

自谷外驟寒轉變為谷裡溫暖，使得他身上發燥起來。

他摸了摸背上，衣衫破碎，露出了肌膚。

他苦笑了一下，忖道：「這種狼狽的樣子讓萍萍看到了，不知會怎樣？」

他這個念頭還未完了之際，已見到一個身形高大、全身黑衣的中年婦女，自翠綠的松林裡走了出來。

那中年婦女雙眉濃黑，臉上稜角畢露，嘴角不帶一絲笑容，顯得嚴肅無比。

他正在猶豫是否要見這個中年婦女，然後再去見東方剛之際，那中年婦女已警覺地朝這邊走來。

石砥中未曾見過這身形高大的中年婦女，故而不知她到底是誰。

她步履輕快，略沾地面就又躍起，每步跨出卻是從容無比。

西門嫘雙眉一皺，身形飄躍而來。

她來到石砥中面前約二丈之處，冷冷地打量了石砥中全身上下一會。

石砥中道：「在下……。」

西門嫘冷哼一聲，叱問道：「你是怎麼進來的？」

石砥中道：「我是自這雜樹林裡進來的！」

西門嫘眼中射出炯炯的稜光，狠聲道：「你怎麼曉得這林中的陣法？」

石砥中傲然道：「天下奇才異士多得很，這個小小的陣法又算得什麼呢？」

西門嫘重重哼了一聲，道：「哼！好大的口氣。」

她話聲出口，驀地雙眉斜飛，目中神光暴射，喝道：「你就是石砥中了！」

第二章　辣手毒婦

石砥中頷首道：「不錯，我正是石砥中！」

西門嫘一陣怪笑，寒聲道：「你好大的膽子，這天龍谷就算是銅牆鐵壁，又敢闖進來。」

石砥中劍眉斜軒，道：「這天龍谷就算是銅牆鐵壁，我石砥中也敢進來！」

他話聲一頓，道：「喂！你是誰？」

西門嫘大怒道：「我是你老娘！」

她單掌一引，身如急矢射來，掌勁已似鐵板壓倒。

石砥中哼了一聲，左掌一分，右手翻掌直上，迅捷如電地迎將上去。

「啪——」

一聲脆響，雙掌相拍，西門嫘身上搖晃了一下，終於退後了兩步。

她臉色急變，目光陰毒地望著石砥中，心中卻驚怒無比。

石砥中雙足陷入泥中，他緩緩地拔足而起，目光嚴肅地凝望著西門嫘。

西門嫘雖見石砥中雙足陷入泥地約有二寸餘深，但是卻絲毫不敢怠慢。

她心中忖道：「真不知他年紀輕輕的，怎會練成這麼深厚的內勁，較之錡兒超出太多了，怪不得錡兒會吃虧。」

思忖至此，大聲喝道：「再吃我五掌看看！」

她身如風行，黑色的大袍在雪白的地上，顯出更加鮮明的擺動。

隨著呼呼的風聲，她已連攻五掌之多，勁風旋盪，帶起地上的雪，飄得滿

石砥中連退三步，擋住了西門嫘如雷行電掣的五掌。

他趁對方掌勢一頓，低喝一聲道：「你也試試我五掌。」

他吐氣開聲，大開大闔連劈五掌。

這五掌好似巨斧開山，剛勁無比，逼得西門嫘直退出六步之外，方始立穩腳步。

西門嫘臉孔漲得通紅，大叫一聲，一抖雙腕，兩枚「弧形劍」自發下革囊裡拿出，持在手上。

她眉凝殺氣道：「你拿出兵刃來！」

石砥中道：「我沒有帶劍！」

西門嫘一怔，隨即罵道：「沒帶劍也要殺！」

石砥中冷哼一聲，怒道：「你若是不能殺了我，我也要殺了你！」

他狠聲罵道：「你可是姓西門的？」

西門嫘罵道：「廢話，看劍！」

她腳下一移，兩道弧光立時閃起，將她身形罩住，席捲而來。

石砥中尚是首次見到這種弧形劍，故而他雙掌護胸，兩眼緊盯著劍刃彎鉤處，意欲看清劍式來路。

空都是雪花。

第二章 辣手毒婦

誰知西門嫘劍式一展開，有如水銀瀉地，無孔不入，劍芒似水，寒氣森然，霎時便將石砥中圈在劍幕之中。

西門嫘心中一喜，忖道：「這石砥中內力練得如此純厚，兵刃上功夫倒也不算什麼！」

她手腕一緊，劍幕緩緩縮小，逼得石砥中幾乎不能動彈。

石砥中見到西門嫘真個凶殘陰狠，每一式遞出都是要置自己於死地，彷彿這樣她才能快意似的。

他一咬嘴唇，眉梢凝聚著濃濃的殺意，目中的鋒芒更加犀利了。

西門嫘見石砥中被自己逼得幾無還手之力，儘自閃躲，她得意地道：「小子，你一死，萍萍便得嫁給我侄兒了。」

石砥中狂吼一聲，一抖雙掌，劈出兩道疾勁的掌風，將雙劍之式擋得緩了一緩。

他目露深濃的殺意，雙臂平伸似劍，指尖駢合，斜斜疾劃而出。

他默然不吭，移步換氣的剎那，便接連攻出六招之多。

他這自「將軍紀事」上得來的「將軍十二截」絕技，真個非同小可，此刻含怒挾憤的施展開來，有如雷劈電掣，山嶽傾倒，四周一片迷濛，僅僅看得見他那炯炯的目光與伸直的猿臂而已。

西門嫘沒料到石砥中僅僅雙掌便發出那毫不遜於真的劍刃的無匹劍式。一連六式攻來，西門嫘連退十步之外，兩支弧劍在手，依然封不住石砥中的指掌交劈。

石砥中神威凜凜，挫掌一頓，冷道：「你到底是否為西門熊的姐姐？」

西門嫘滿頭汗珠，緊咬牙根，硬硬苦撐著，不使自己落敗。

石砥中左腕一轉，一式「將軍橫戈」，右手迅捷地連攻兩式。

西門嫘被石砥中左臂作劍打得夠苦了，這下眼見對方又施出這神妙而又強勁的劍術。

她的身形被逼得向左一讓，躲開那如電攻到的一式。

石砥中冷冷一哼，右手已如蔓草攀登樹枝一樣，糾纏上去。

西門嫘一抖左腕，隨即一沉，劍刃劃出一道弧形，削向石砥中右腕。

石砥中身形一側，曲肘急撞，一個肘槌已撞上西門嫘臂彎「臂儒穴」。

西門嫘整條左臂一麻，弧形劍墜落地上。

石砥中沒等對方變式，五指如鉤，已扣住西門嫘「肩井穴」。

西門嫘全身一麻，霎時不能動彈。

石砥中寒聲道：「你說你可是西門熊的姐姐？不說的話，哼！」

西門嫘何曾受人如此威脅過，她氣得全身發抖，一句話都說不出來。

第二章 辣手毒婦

石砥中左手兩指駢起，狠聲道：「你若再不說，我就在你臉頰留下個記號！」

西門嫘氣得大叫道：「你這小輩！」她急怒攻心，一口鮮血湧上喉頭，朝著石砥中便吐。

「哼！」石砥中冷笑一聲，側身讓過。

石砥中說道：「你先對我如此狠毒，現在怪不得我了！」他雙指一揚，便待向西門嫘眉心的「眉中穴」劃去。

就在他雙指劃出之際，身後一聲低沉的喝聲道：「放手！」

他心中一震，已覺「命門穴」有一股勁風撲上。

剎那之間，他不加考慮，身形往前一伏，推開西門嫘，然後將她往後一摔。

他希望自後掩來的東方剛，能夠顧及這個中年婦人，而緩一緩速度，讓他施出崑崙「雲龍八式」的輕功，以脫出他的控制。

豈知西門嫘被摔出後，他只聽到「哎喲！」一聲，身後那隻手掌依然跟著自己背後「命門穴」。

他臉色一變，扭身直躍而出，絲毫不敢停留。

背後那隻手掌有似附骨之蛆，任他旋身閃躍，也無法擺脫。

他暗自罵道：「沒想到這天下聞名的天龍大帝，也會自後面偷襲人……。」

他恨恨地一咬牙，將全身內勁都聚於背心之上，然後陡地一翻身，攻出一指。

東方剛一掌正好擊在石砥中的「命門穴」上。

「吓！」的一聲，石砥中身形重重一晃，那右手攻出的一指，卻正好點中東方剛「雲中穴」上。

東方剛沒料到自己一掌沒要成石砥中的命，他反被那攻來的一指擊中。

幸得石砥中為了防備東方剛一掌會將自己心脈震斷，所以提了全身八成功力凝聚於背心，僅留二成功力發出那一指。

故而東方剛咳嗽一聲，便已將上湧的氣血壓下，閉住了「雲中穴」。

石砥中則吐出一口鮮血，搖搖晃晃的，一跤栽倒地上。

東方剛右臂一伸，將石砥中提將起來。

他的臉色慘白，嘴唇緊抿，目光中混雜著奇異的表情，凝望著石砥中。

他還很清楚地記得這個倔強的年輕人，這全身充滿著神秘的年輕人。

他喃喃道：「我不相信你這麼幸運，永遠能逃過死亡的陷阱！」

他大步踏前，朝那松林掩蓋的白色大廈行去。

面對著這英俊的年輕人，他心裡有著強烈的妒忌。

第二章 辣手毒婦

才行了幾步，他聽見石砥中冷冷地道：「你將我放下！」

他止住步子，臉上滿是驚疑地望著被提在手裡的石砥中。

他說：「你說什麼？」

石砥中目光冷漠地道：「我說將我放下，你這不要臉的人！」

東方剛左手一揚，「叭叭！」兩下，在石砥中臉上抽了兩個耳光。

石砥中滿臉通紅，臉頰立即腫了起來。

他卻吭都沒吭，依然冷冷地道：「放下我來，你若是自命英雄，當得起自稱為天龍大帝的話，不要在後面暗襲人！」

東方剛呆了一呆，他面對冷漠的石砥中，心中竟然升起一層恐懼的感覺。

他想起秋天之時，石砥中曾被自己「白玉觀音掌」打傷後，露出那七顆紅痣。

從那時起，他就深深地震懾住了。

到現在，僅僅三個月光景，這年輕人竟能名列二帝三君之後，不能說不駭人聽聞了。

他此刻眼見以西門嫘的身手還被石砥中擒住，這種情形使得他深自恐懼著，恐懼著自己會像當年一樣，敗於人手……

他正在沉思之際，突聽西門嫘自身後叫道：「你看這草……。」

他回頭一看，只見地上的綠草，一大片都變成焦黃，很快地枯死。

他忖道：「我這谷裡四季溫暖如春，而且我又將溫泉引進谷中，那地下靈泉也被我分成小道湧現山中，形成瀑布匯入湖裡，這綠草怎會枯萎呢？而且只這麼一會兒光景。」

他正在不解之際，已聽見馬蹄得得，一匹血紅的駿馬自松林旁跑了出來，一眼瞧見東方萍騎在上面，他喝道：「萍萍，你到哪裡去了？」

東方萍喘著氣，應聲道：「爹，那群餓狼又來了，牠們跑進谷裡了⋯⋯。」

她說話之際，已看到石砥中被東方剛擒在手中，不禁大叫道：「砥中，石哥哥！」

她跳下馬，朝石砥中跑來。

東方剛叱道：「走開！」

他雙眉聚起一層殺意，怒道：「我把這些狼關起來，然後將他餵狼，讓他屍骨無存⋯⋯。」

東方萍兩眼都是淚水，大叫道：「不！不！爹，不要這樣！」

石砥中喊道：「萍萍！我來看你，萍⋯⋯。」

東方剛喝道：「閉口！」

他右手一伸，便將石砥中「啞穴」封住。

第二章 辣手毒婦

東方萍撲了上來，哭道：「爹！你放了他吧！」

東方剛大袖一拂，提著石砥中朝白色大廈躍去。

東方萍喊了一聲，急奔過去。

西門嫘道：「萍萍！不要去⋯⋯！」

東方萍身形一個跟蹌，竟然跌倒地上。

她悽然叫道：「爹——」

她噴出一口鮮血，昏死過去。

狼嗥陣陣自谷外傳來⋯⋯。

×　　×　　×

松濤陣陣。

那遍植於小丘旁的青松，隨著大風搖擺，自樹尖發出似海浪般的輕嘯。

自谷中傳來紊亂而嘈雜的狼嗥，隨著大風散布於谷中，與松濤之聲混合著，在谷裡四處迴盪。

西門嫘眼見東方剛手挾石砥中，隱沒在松林後，而東方萍卻悲苦地叫了一

聲，便倒在地上。

她飛奔而來，已見東方萍的胸前盡被鮮血沾滿。

她大驚失色，叫道：「萍萍……。」

她剛一摸到東方萍的手，東方萍便跳了起來，叫道：「爹！爹！別那樣！」

她似是瘋狂一樣地朝松林那邊奔去。

西門螺身形一旋，躍在東方萍身前，一把將她抓住。

東方萍嘴角掛著血痕還沒有擦掉，她用勁地掙扎，滿臉淚水，嚷著道：

「不要抓我，放我過去……。」

西門螺死勁地抓住她，她見到東方萍哭得像個淚人似的，心裡有說不出的難過。

她憐惜地道：「萍萍，你爹不會怎樣的……。」

東方萍哭道：「他會被拿去餵狼，嬤嬤，你讓我去！」

西門螺哄她道：「不會的，你爹不會的。」

東方萍一甩頭，兩眼緊盯著西門螺，問道：「你當我還是小孩子？」

西門螺一愣，沒有說話。

東方萍眼中射出怨毒的目光，道：「你們總是與石砥中作對，總是想害死他，然後好把我嫁給西門錡那狂徒。」

第二章 辣手毒婦

西門螺愕道:「萍萍,你怎麼這樣說?他們這次來谷裡求親,結果還不是被你爹趕了出去,我也沒說什麼。」

東方萍一擦臉上淚痕,緩緩道:「你放不放我?」

西門螺只覺東方萍那雙美麗的眼睛,蘊含著無限的恨意,竟像是要將自己分屍寸段方始甘心一樣。

她心頭大震,柔聲道:「萍萍,我這是為你好。」

東方萍冷漠地道:「我會恨你一輩子!」

西門螺臉色大變,緩緩放開了手。

東方萍頭也不回,朝那松林奔去。

西門螺愕愕地望著她的背影,喃喃道:「你怎能這樣對我?」

她想起自己年輕時對東方剛一見傾心,卻沒有使他改變心意。

為了愛情,自己犧牲了一生中最珍貴的青春,與他相守在荒寂的大漠中。

十多年的相處,使她視萍萍有如己出,想不到竟會得到東方萍如此怨恨相對。

她雙手掩臉,喃喃道:「你怎好這樣對我?」

駿馬輕嘶,紅影一道掠空而過,自她身邊馳去。

她放下手,臉上掛著淚痕,朝那紅馬奔馳之處望去。

她眼見東方萍躍上馬背,朝松林那邊飛馳而去,不由自心裡湧起一股恨意,喃喃道:「你這忘恩負義的丫頭,你忘恩負義……。」

頓時,當年的情景又泛上腦際,她彷彿又看到錢若萍巧笑盈盈地朝東方剛走去,而自己也就被遺忘在背後,不屑一顧。

西門嫘眼露凶光,狠聲道:「我要殺了你!」

她雙拳緊握,自言自語道:「十七年前我放過了你,你現在卻敢如此對待我,我一定要殺了你,你這賤人生的賤種……。」

她飛身躍起,朝松林撲去。

第三章　兩代情仇

大風颳起了東方萍的長髮，跟紅馬的鬃毛一樣，長長地飄在身後。

她臉上淚痕斑斑，嘴角帶著血痕，身上穿著的白色輕裘也都沾著點點的血跡，像是朵朵的紅花一樣。

她臉色蒼白，嘴唇緊閉，在駿馬飛馳之下掠過高聳入雲的蒼松古林，從石板鋪成的小徑上越過。

右側山坡就是那白色大石砌成的大廈，左側一道峭直的崖壁與右邊的山巒高聳，形成一個峽谷。

在峽谷之前，此刻隔著一道高約七丈的柵欄，根根巨木都有碗口粗，正好將峽谷封住。

東方萍衝到柵欄邊，已見到谷外湧進許多灰色的雪狼。

在柵欄這邊，四個玄衣大漢正扛著一桶桶的牛肉往柵欄裡扔，那陣陣湧進的大狼就像潮水一樣，永無止歇似的衝撞進來。

狼嗥之聲喧譁震耳，被峽谷兩壁反射而來的回聲更是驚天動地，震耳欲聾。

那些狼群奔跑於大漠之中，又冷又餓，一聞到牛肉的血腥味，齊都不顧死命地奔進谷來。

為了爭奪牛肉，甚而互相殘殺，利爪與白牙閃動下，血肉橫飛，殘忍無比。

東方萍來到柵欄之前，眼見這種凶殘之事，血腥撲鼻，嗥聲震耳，直使她一陣噁心，幾乎要吐了出來。

她臉色蒼白無比，略一顧盼，便見東方剛已挾著石砥中朝右側山上奔去。

她知道那山上有條狹道可通過谷外，峽谷入口處的崖邊有一塊萬鈞巨石，若是推落下去，則剛好將那峽谷進口塞住。

這也是東方剛與東方玉兩父子為了想要一次消滅為害沙漠的餓狼，老早搬到那裡去的原因。

東方萍叫了一聲，但是聲音卻被狼嗥蓋住。

她一抖韁繩，紅馬便朝右側山坡飛躍而去。

那站在柵欄邊的四個玄衣大漢，齊都驚愕地望著東方萍。

東方萍看見他們的嘴唇動了一下，卻沒有聽見什麼，耳邊風聲呼呼，紅馬

第三章 兩代情仇

已如飛地竄上山去。

她舉起袖子，擦了擦嘴，偶一回頭，便看到西門嫘飛奔而來。

從那大廈裡，十幾個女侍都奔了出來，驚愕地望著騎馬登山的東方剛。

怪石崢嶸，雜草叢生，這陡直的山巒，越到高處越是險峻。

但是紅馬四蹄輕踏，有如行走平地，凌風展翅般飛越而上。

東方萍看到天龍大帝衣袂飄飄，御風凌空直上高峰，眼前便是那塊巨石。

她張開口來想要叫喚，卻吸進一口大風，沒能說出話來。

東方剛一躍數丈，很快便來到那矗立的巨石旁。

他身形一落，回過頭來望見了騎在馬上的東方萍。

東方剛臉色一變，將石砥中放在巨石旁，一抖雙臂飛躍而下。

他攔住紅馬，猿臂一伸，便將東方萍從馬上抓了下來。

紅馬長嘶一聲，雙蹄直立，張開嘴便往東方剛咬去。

東方剛叱道：「好畜牲！」

他橫身一讓，豎掌作刀，往紅馬頸上砍去。

東方剛驚叫道：「爹爹！」

她一把扣住東方剛的右臂，不讓他劈下去。

東方剛回目一看，驚道：「萍萍，你怎麼啦？」

東方萍叫道：「大紅，走開！」

那匹紅馬輕嘶一聲，四蹄一揚，朝山上躍去。

東方剛看見自己的女兒胸前全是血，驚惶地問道：「萍萍，你怎麼啦，胸前全是血？」

東方萍「哇！」的一聲哭了出來。

東方剛問道：「是誰欺負你？」

他焦急地問道：「你怎麼會吐血？」

東方萍泣著說道：「是你欺負我！」

「什麼？」東方剛修眉一斜，道：「對爹爹怎好這樣說話？」

東方剛怒道：「你把石砥中……。」

東方萍抗聲道：「不！他是個好人，最好最好的人！」

東方剛一愕，想要輕叱她，卻看到東方萍蒼白無血的臉，和臉上的淚痕，剎那之間，二十年前那鮮明的印象又映腦海，他喃喃道：「你多像你娘。」

東方萍渾身一顫，無限的委屈都湧上心頭，她放聲痛哭道：「娘！娘……！」

「唉！」東方剛嘆了口氣，道：「可憐的孩子。」

他輕輕地拭去東方萍臉頰上的淚水，嘆道：「你是不是很恨爹？」

第三章 兩代情仇

東方萍仰頭道:「爹!你放了他吧!」
東方剛道:「孩子,你又怎能了解我這做父親的苦心!」
東方萍道:「我不管嘛!我一定要你放了他!」
東方萍道:「你是不是很喜歡那小子?」
東方萍羞怯地垂下頭來,默默不語。
東方剛推開女兒,道:「我不許你跟他接近!」
他對著驚愕的東方萍道:「你站著別動,等會我會告訴你。」
他身如旋風,回身飛躍而起,往那塊巨石奔去。
東方萍叫了一聲,也躍了上去。

× × ×

東方剛來到峽谷之上,略一俯視,只見底下谷裡狼群擁擠,一片灰色的軀體裡,不時有鮮紅的血冒出。

那些雪狼因為直衝而進,互相傾軋相擠,以致於凶殘的搏殺起來,尖銳刺耳的嗥叫使人心顫肉跳,掩耳欲逃。

東方剛呵呵一笑,道:「這下大漠裡危害人畜的餓狼該要絕滅了吧!」

他深吸口氣，雙掌互相摩擦，只聽他悶哼一聲，雙臂一抖，一股氣勁發出，擊在那高約四丈、厚達丈餘的巨石之上。

那塊巨石重達萬鈞，下面半截埋在土裡，此刻被天龍大帝一擊，竟然晃了一下。

東方剛渾身衣袍立即隆起，他大喝一聲，大袖一揚，泥沙頓時飛濺開去，露出了石根。

他向前疾走兩步，滿頭長髮根根豎起，雙掌已貼住那塊萬鈞巨石。

「轟隆！」一聲巨響，那巨大的石塊被東方剛無匹的勁氣兜起來，滾落下去。

東方剛喘了兩口氣，雙足有如釘入土裡，站在峽谷之上，望著那塊巨石向下滾落。

碎石泥沙，山崩地裂似的灑下，一片塵灰飛揚而起。

震耳的回聲，有如晴天響起霹靂，良久方始停止。

那塊巨石剛好將峽谷入口之處封住，那些被壓死的灰狼，很快的便被其他的狼將殘骸吃掉。

東方剛冷哼一聲，自言自語道：「只要半個月，這些為害大漠的餓狼便會被消滅殆盡。」

第三章 兩代情仇

他話聲一了，便聽見西門嫘道：「那麼，這整個大漠來往的旅客牧人都該修廟敬你了？」

東方剛目一看，只見西門嫘扶住東方萍，冷冷地朝自己望來。

他聽出話中含有諷刺的語氣，不由問道：「你這是幹嘛？」

西門嫘淡淡地道：「沒有幹嘛！我來看你將那姓石的小子扔下去餵狼。」

東方剛道：「你與他有仇？硬要他粉身碎骨？」

西門嫘反問道：「那你是疼惜他了？」

東方剛道：「像他這種人，記仇之心極烈，愛恨之間往往不容一髮，所以……。」

東方剛臉色微變，怒道：「所以你不敢將他扔下去？」

西門嫘道：「你這是挑撥？」

東方剛冷哼一聲，道：「那你就是要把你的女兒嫁給他了？」

西門嫘冷笑一聲，道：「這又關你什麼事？」

東方剛冷哼一聲，道：「那麼我哥哥和侄兒來向你求親，你為什麼不肯答應？」

西門嫘冷嗤一聲，道：「西門熊那混帳兒子怎配得上我女兒！」

西門嫘條地狂笑起來，笑聲飄散開去。

東方剛目光中掠過驚詫之色，問道：「西門嫘，你怎麼啦？」

西門嫘止住笑聲，怒道：「我們姓西門的就如此被你瞧不起？呵呵！今天讓你看看姓西門的手段。」

東方剛見東方萍眼中露出哀求的神色，張著嘴卻講不出話來。

他臉色大變道：「西門嫘，你要將她怎麼樣？」

西門嫘沉痛地道：「二十多年前，她娘將你自我身邊搶去，使我受盡了心靈的痛苦，我忍耐著在這荒漠裡伴著你十七年，總想有一天能獲得你的憐愛。」

東方剛道：「我不是早就跟你說過，我心已死，我對不起你。」

「哼！」西門嫘冷笑一聲，道：「對不起我就行了？我這二十餘年的青春，我這二十餘年的心血，就只一句對不起便行了？」

東方剛痛苦地低下頭來，但很快地，他便抬起頭來。

他說道：「所以你就想以萍萍威脅我？」

西門嫘冷笑道：「我撫育了她十六年，誰知她卻以仇恨待我，你們姓東方的，都是忘恩負義……！」

她話聲一頓，隨即尖聲道：「你站在那裡不要動！」

東方剛咬呀切齒道：「我真沒想到你會變成這樣無恥，我瞎了眼！」

西門嫘冷哼一聲，道：「你瞎了眼？倒是我瞎了眼。」

第三章　兩代情仇

東方剛臉罩寒霜道：「你說，你到底想要怎麼樣？」

西門螺自言自語道：「我要怎麼樣？」

她突然狂笑道：「我能怎麼樣？二十年前我都沒怎樣，現在還能怎樣？」

東方剛暗嘆口氣，只覺自己一生所作所為，幾乎無一是處，害得這面前的女人將一生最輝煌的歲月為自己而磨蝕。

在荒寂的大漠中，自己為了懷念心裡所鍾愛的人而留下，卻讓西門螺也陪同自己任憑黃沙蝕去青春。

他暗自譴責自己，忖道：「我又為什麼任她跟我在這裡生活如此之久？」

西門螺見到東方剛沉吟不語，冷哼一聲道：「你別想什麼鬼花樣，若是你不顧她的性命的話⋯⋯。」

東方剛怒道：「你這樣威脅我，到底是何居心？」

西門螺雙眉軒起，怒道：「你先將那姓石的扔下去餵狼！」

東方剛哼了一聲，道：「反正這小子死了，我也不會將萍萍許給西門錡那奸滑狡詐的小子！」

西門螺冷冷道：「我是怕你和姓石的小子串通了，那麼我的姪兒還有活命？反正天下的女人多得是，我倒不怕錡兒找不到更好的對象。」

東方剛目光一瞥，看到石砥中趴伏地上，那匹血紅的馬正在伸出舌頭舔著

他的臉。

他心中掠過一絲怪異的情緒，他暗忖道：「這小子真是天下奇才，全身彷彿鋼鐵鑄成的一樣，而且聰穎無比，意志力極強，西門熊若與他為敵，真會吃點苦頭，我何不……。」

西門嫘冷眼而觀，見東方剛微皺雙眉的樣子，唯恐他會改變原有主張。

她尖聲道：「東方剛你別弄鬼，若是你不將他扔下，我就將你的寶貝女兒扔到底下去！」

東方剛默默不語，他的思緒急轉，暗忖道：「這姓石的小子記仇之心極盛，而又眼帶桃花，看來是個極不專情之人，我怎能將萍萍終身託付給這種人……。」

他目光一轉，便將石砥上提了起來。

低頭一看，谷裡密密麻麻的都是蠕動的狼群，他知道任何人都不能處身在這數以千計的餓狼中，而保全性命。

他舉起了石砥，欲待向狼群中扔去。

突地，他眼光瞥見東方萍，卻見到她臉上的肌肉痛苦地扭曲著，自那兩隻動人的大眼中，一溜溜的淚水流了出來，掛滿臉頰。

他心頭大震，說道：「萍萍，你可別怪我，為了救你的性命，我只得將他

第三章　兩代情仇

東方萍被點住「啞穴」，全身不能動彈，只是不住地流淚，眼中滿是乞求的眼色。

東方剛將頭一斜，咬牙道：「為了使萍萍脫離險境，我只得將你扔下狼群之中了，我將你穴道解開，不致馬上便死，我想你也不會怨我了。」

他一掌拍活了石砥中閉住的穴道，振臂一揮，便將石砥中往谷裡扔去。

就在他扔出石砥中之際，那匹紅馬長嘶一聲，急衝上來，飛蹄朝他身上踢去。

他身影一挪，閃了開去，卻突地聽見一聲龍吟似的長嘯，自狼嗥聲裡穿雲直上。

聞聲側目，他瞥見石砥中四肢移動，回空劃了個大弧，有似飛鶴繞雲，奇快無比地向西門嫘射去。

石砥中雙肩如劍斜軒，目中射出狠毒的神光，拚命般地攻向西門嫘而去。

西門嫘似是沒有料到石砥中會回空繞旋一匝而攻將過來，她心中一驚，竟然不知怎樣才好。

一接觸到那犀利而仇恨的目光，她心頭大震，不及思索，便待將劈死東方萍。

「嗡！」兩支短劍閃爍著光芒，自空中似電射來。

西門嫘手剛舉起，劍尖已經準確無比地射到她雙臂之上。

「呀！」她叫了一聲，雙臂被短劍穿過，鮮血立即湧出。

在這剎那之間，她右足一踢，將東方萍踢得平飛兩丈，朝谷裡落去。

石砥中身在空中，眼見西門嫘被天龍大帝雙劍射中，卻不料她尚要拚命將東方萍踢落谷中。

他痛苦地長吟一聲，雙掌急劈而出，兩道勁風洶湧壓到，立時將西門嫘擊倒於地。

他趁著掌風劈出之勁，身形翻起，仰身倒射而出，朝東方萍追去。

東方剛大喝一聲，一抖雙臂，身上長衫飛出，有似一面鋼板，急勁無比地射向東方萍。

東方萍身子不能動彈，被西門嫘像踢皮球似的踢向谷底，卻適巧被東方剛抖來的衣衫承住。

她在空中落下之勢緩了一緩，石砥中已經躍了過去，一把便將她衣衫揪住。

她的身子急速落下，卻適巧被東方剛抖來的衣衫承住。

東方萍剛大喝一聲，一抖雙臂，身上長衫飛出，有似一面鋼板，急勁無比地射向東方萍。

石砥中抓住了東方萍，右手一勾便將她緊緊地抱住，唯恐她又會離開他的懷抱而去一樣。

他抱住東方萍，深吸一口氣，正待要躍上山崖，卻不料體內真氣一竭，身

第三章　兩代情仇

子又急墜而下。

他心中一驚，隨即便想到這是因為剛才「命門穴」被天龍大帝擊中，心脈受傷之故。

雖然他趁著西門螺糾纏東方剛之際，暗自運功療傷，但是卻未能完全恢復。為了心急東方萍的安全，他連續施出崑崙名揚天下的絕妙輕功，故而體內真氣用竭，不能生生不息地運轉。

身形急墜之際，他連喘兩口氣，硬生生提起丹田中殘餘的真氣，急速地行那「搜穴過宮」的「瑜伽門」療傷之法。

東方剛大喝一聲，道：「石砥中，看劍！」

石砥中體內真氣正好繞行一周天，卻聽到東方剛的叫聲。眼角一閃，一柄短劍急速似電地射來。

他心裡一驚，怒氣上湧，方待拚命讓開身子，卻見那支短劍不是射向自己，而是往自己腳下射去。

那支短劍一到石砥中腳下，便好像虛空有人托住一樣，停住不動。

石砥中這才曉得東方剛是要讓自己在空中有藉力之處，以免使東方萍跌死。

他冷哼一聲，腳尖一點劍刃，飛快地仰頭一看，只見距山崖已有三丈多高，石壁峭直如削，毫無立足之處。

現在若以他一人之力，也不能憑著這點藉力而躍回原來之處，何況手中還抱著一個人？所以他決定還是先落下谷底再說。

他藉著空中一頓之剎那，回掌一拍，將東方萍穴道解開，然後飄身躍下。

那支短劍停住空中一下，便落了下去。

石砥中反掌一抓，便將那支短劍接住，他握在手中，膽量壯了不少，東方萍咳了一聲，睜開眼來，便看到自己正在虛空，急速地向下墜落之中。

她驚叫一聲，緊緊地摟住石砥中，趕快閉上眼睛。

叫聲中，石砥中已落在谷中。

他跌在狼背之上，將那隻狼壓得肚腸都流了出來。

由於太高落下之故，他打了兩個滾，方始消去急速墜下的加速勁道。

密密的狼群不停地嗥叫著，石砥中順著滾動之勢，劍刃劃動，光芒閃爍，霎時便將丈內餓狼殺死。

血肉橫飛中，狼頭擁擠，又有許多急衝上來。

劍幕布起，將東方萍罩在裡面，石砥中神情嚴肅地催動著吞吐的劍芒，阻擋那些猛撲而來的大狼。

東方萍聽到劍刃舞動的呼呼風聲，以及狼的慘嗥聲，又見到這種殘酷凶狠的情形，不由得嚇呆了。

第三章 兩代情仇

石砥中左臂摟著東方萍，突地覺得她全身顫抖，不由問道：「萍萍，怎麼啦？」

東方萍聽得這聲音，這下才看清楚自己是在石砥中的保護之下。

她喜極叫道：「砥中！哦！石哥哥！」

石砥中露出一絲笑容，道：「萍萍，你沒有想到我會與你一起吧？」

東方萍連連點頭，喜極而泣道：「石哥哥，石哥哥……。」

石砥中緊緊摟住東方萍，道：「萍萍，不要哭！」

東方萍擦了擦眼淚，道：「我是太高興了。」

石砥中喝叱兩聲，劍轉半弧，迴旋之間，連擊三劍，劍劍重疊，布起兩層劍幕。

東方萍看到石砥中身上衣衫襤褸，肩上有著幾條爪痕，不由驚叫道：「你受傷了？」

石砥中朗聲道：「這算得了什麼？」

他關懷地問道：「萍萍，你不要怕，有我在這裡。」

東方萍睜大眼睛，搖搖頭道：「我不害怕。」

石砥中拉開東方萍，伸左手到懷裡，將「紅火寶戒」掏出來給東方萍，道：「你拿好這個，我們到那塊巨石邊去。」

他說完，沒待東方萍答應，便揮動手中短劍，往谷中大石躍去。

大狼似潮，洶湧不停地衝了過來，又一隻隻的死於劍下，血水飛濺，使得石砥中和東方萍濺得滿頭滿臉都是鮮血，簡直跟個血人一樣。

那些餓狼好似瘋狂，互相殘殺，互相咬噬，只要被殺死的狼屍一落地，便被吃個精光，不留一點殘骸。

血腥之氣充滿谷裡，東方萍右手拿著紅火寶戒，雙眼緊閉地靠在石砥中肩頭之上。

在白天，陽光照耀之下，紅火寶戒僅僅顯出一輪微小的光暈將她半身罩住，不像在黑夜，戒上發出的光芒好似烈火一樣的耀眼。

石砥中身形移動得緩慢無比，那四外湧上的餓狼使他一點都不能鬆懈，運出真力，舞動劍刃護住身子前進。

他也不知道殺了多少隻狼，但已覺得右手痠麻，真氣漸弱。

他喘著氣，汗水和血水流滿了臉孔，艱辛無比地行走於狼群之中。

頭髮散亂，將他臉孔都遮去半邊，他甩了一下頭，卻聽見東方剛的呼叫之聲。

側目一看，只見狼群之中，一道青綠的光霞閃爍生輝，所到之處，大狼披靡。

第三章　兩代情仇

他冷哼一聲，運劍行空，又連劈八隻大狼。眼見前面就是谷口的巨石，他鼓起勇氣，使勁一躍，跳起一丈多高，便已乏力。

真氣一洩，他悶喝一聲，短劍插向那塊巨石。

「噗！」的一聲，短劍已插進石中，僅露出劍柄。

石砥中身子一翻，便躍上石上。

他急喘了幾口氣，才將東方萍放下，道：「萍萍，安全了。」

東方萍看到石砥中狼狽的樣子，不由驚叫道：「你全身都是血。」

石砥中舉起袖子擦了擦臉，喘著氣道：「這沒關係，都是狼血。」

他話聲未了，卻站立不住，雙腿一軟，便一屁股坐倒石上。

東方萍急忙將他扶住，問道：「你……。」

石砥中搖搖頭道：「這是脫力所致，一會兒會好的。」

東方萍扶著石砥中，想要使他躺在自己的腿上，誰知才略一移動，石砥中卻呼起痛來。

東方萍吃了一驚，略一查看，發覺石砥中大腿及腰背之處，傷痕累累，盡是狼牙之跡。

她痛憐地道：「全身都是傷，還說一會就會好。」

石砥中笑道：「我是打不死的人⋯⋯。」

他臉上笑容突地一斂，道：「萍萍，你看！」

東方萍順著石砥中指處一看，竟然見到谷底的狼群瘋了似地奔跳互噬，理都不理東方剛被其他大狼吃掉。

一聲聲慘厲駭人的嗥叫發出，七、八隻大狼倒斃地上，剎那之間，屍骸又慘嗥淒厲，一隻隻的大狼無故倒斃，又都被分食，接著又是一隻隻地倒下。

嗥聲絕滅，谷底滿地遍處的狼屍，重重疊疊⋯⋯。

極端的嘈雜與嗥嚷後，繼之是極端的岑寂，彷彿空氣都已經凍結。

四周像死一樣的靜，靜得有點可怕⋯⋯。

× × ×

東方剛手持那支綠漪劍，挺立在狼屍之中，他滿身濺得斑斑狼血，但是他卻好像呆住一樣，站立不動。

的確，像這樣凶殘的餓狼，成千地死去，而且僅在一個剎那裡死去，實在令人難以相信。

尤其，當自己處身在狼群之中，眼見這種奇絕之事，更是令人震懾不已。東方剛目光緩緩移動，很快便發覺那成千的餓狼都是嘴角流著黑色的血液而死。

東方剛目光緩緩移動，

他全身一震，失聲道：「毒！他們全都是中毒而死！」

他抬頭一望，只見到石砥中和東方萍相偎在一起。

「哼！」他冷哼一聲，目光與石砥中的眼光相觸。

雙方的目光相觸的剎那，他心中一動，思緒轉到剛才石砥中被自己擊中「命門穴」時吐出一口鮮血的事。

他忖道：「他被我擊中『命門』死穴都不會死，那口鮮血吐出後，便見到地上草皮變得枯黃，顯然他血中有毒。」

他脫口呼道：「毒人！他已是個毒人……！」

他思忖至此，目光一轉到滿坑滿谷的狼屍，汗毛不禁為之豎立。

石砥中正在奇異於東方剛那種迷茫疑惑的態度，此刻突然聽得他的呼聲，不由心頭一震，忖道：「千毒郎君曾問我是否是毒人，而此刻東方剛也說我是毒人，莫非我血液中真個有毒？」

他隨即想到千毒郎君施放「無影之毒」，毒殺海中鯊群的情形，那彷彿與眼前狼群斃死的情況完全一樣。

東方萍忽地呃了一聲，奇道：「好可怕，這些狼不知怎麼統統死了！」

東方剛看見石砥中身上染遍了血，而東方萍卻正要觸碰上去，他不由叫道：「萍萍，不要碰他！」

東方萍一愕，嘟著嘴道：「偏要碰他！」

她伸出手去要扶石砥中靠在自己身上，卻發覺石砥中側身躲著自己。

她詫異地問道：「石哥哥，你怎麼啦？」

石砥中道：「不要碰我！」

東方萍睜大兩隻黑亮的眼睛，望著石砥中那紅腫的臉，不知是怎麼回事，石砥中嘴唇緊閉，臉上浮起痛苦的神色。

東方萍以為石砥中因為受到自己爹爹的喝叱而至如此的痛苦，她伸出手去，輕聲道：「我就是要碰你！」

她手才一伸，石砥中竟然有如遇見蛇蠍，閃躲開去，道：「不要碰我，快別碰我！」

東方萍一愕，已覺身邊微風颯然，手臂已被人家抓住。

她慌亂地回頭一看，見到抓住自己的，正是自己的父親天龍大帝東方剛。

東方剛沉聲道：「不要碰他，他身上有毒！」

東方萍微微一怔，道：「我不信！」

第三章　兩代情仇

她移轉目光盯著石砥中。

石砥中滿頭大汗，點頭道：「別碰我，我全身都是毒。」

東方萍叫道：「我絕對不信，我不信……。」

石砥中痛苦地道：「那些狼就是因為吃了我的血才全部中毒死的，我，我是一個毒人……！」

東方剛將東方萍拉過來，沉聲道：「他說的話不錯。」

東方萍放聲大哭，道：「我不相信你們的話，你們欺負我！」

石砥中淒然一笑，道：「我的血液被狼吞入，立即那隻狼全身都是毒，發死時若被其他的狼分食，則那些狼又會死去，所以在一剎那裡，這谷底的狼全都死去了。」

東方萍滿臉淚痕，說道：「你剛才也沒說，你明明在騙我。」

石砥中道：「我也是才曉得的。」

東方剛輕輕地拍著東方萍的肩膀道：「孩子，別哭了，這有什麼好哭的？」

他嘆了一口氣，道：「石砥中，我很感激你救了萍萍，這是傷藥，你敷上吧！」

石砥中冷冷一笑，道：「從我初進天龍谷，我便沒要你一點東西，現在我也不需要你的傷藥，我石砥中從不向任何人乞憐，也不需任何人同情我！」

東方剛默默地望著面前這個青年，他也在為這個有血性、有勇氣的男子漢而惋惜。

他暗忖道：「昔日據丁一平對我過，毒門中有一種人練成渾身都是毒，成為非毒不侵的毒人，但是這種毒人卻會每月發作一次，發作之時，神智昏迷不醒，全身發冷，不必經過半年就會死去，我豈能讓萍萍跟著這種死期已定的人！」

石砥中冷漠地望著東方剛，突地狂笑道：「你怕我會將你的女兒帶走？你想就此殺死我？」

東方剛恐懼地大叫道：「砥中，你不要再笑了！」

她哭著道：「不管怎樣，我一定要跟你去！」

東方剛嗔道：「胡說，他只有半年活命，你還想要跟他？而且他渾身是毒，跟他一起，你馬上就會死。」

東方萍道：「我不怕。」

她不停地掙扎，想要往石砥中身邊奔去。

東方剛怒道：「萍萍！你難道連爹都不要了嗎？」

東方萍全身一顫，撲進東方剛的懷裡，放聲痛哭道：「爹爹，爹……。」

石砥中咬緊牙根，不讓眼眶裡的淚珠滾落下來，他深吸一口氣，道：「在

第三章 兩代情仇

東方剛道：「你若不死，我希望你隨時來此，我會在谷裡等著你。」

石砥中深深地望了東方剛一眼，沉聲道：「到那時我若將你擊敗，我就要將萍萍帶走！」

東方剛冷笑道：「一年之內，你只要能擋過我六百招，我便將萍萍許配給你。」

石砥中堅定地道：「一年之內，我一定要將你擊敗，否則我不會娶萍萍的。」

他昂然站立在大石之上，話音在石壁間迴盪著，造成無數個回音。

天龍大帝注視著石砥中，在這一剎那，他心裡升起一絲恐懼，彷彿他已經看到不久的將來，自己在石砥中掌下落敗……

他暗自喃喃道：「這是不可能的啊，這是不可能的！」

東方萍圓睜雙目，凝注石砥中，在她的眼裡，石砥中彷彿全身都散放著耀目的光芒。

東方剛揮動了一下手臂，道：「萍萍，你等著我！」

東方萍毫不遲疑地道：「我等著你，石哥哥，我在這裡等你到老到死。」

那豪邁的話語在她心底震盪著，使她說不出話來。

下若是半年內不死，必來向前輩領教，剛才承你的一劍之助，使我不致跌死，但我定要來報答今日加之於我身上的侮辱。」

石砥中只覺渾身熱血沸騰,激動得咬緊嘴唇,東方剛看見自己女兒那種依憐不已,柔情萬縷地癡望石砥中的樣子,不由暗嘆了一口氣。

他仰首望天,默默地道:「若萍,你在天之靈不遠,是否能告訴我,這樣做到底是不是對?」

雲天似海,他似乎自藍灰的天空中看到一個清麗的影子。

那美麗的臉靨上浮著淡淡的微笑⋯⋯

他喃喃道:「若萍,你說我這樣做對不對,你別只是笑⋯⋯。」

東方萍非常難過地對石砥中道:「這個戒指還給你。」

她側目叫道:「爹,劍給我。」

東方剛自幻想中醒過來,問道:「哦!什麼事?」

石砥中道:「萍萍,這兩樣東西,你都留下來吧!」

東方萍道:「你把綠漪劍帶去,我留下這戒指好了。」

她說到這裡,突地想到一事,不由高興地道:「這戒指能夠吸⋯⋯。」

她話聲一頓,望了一眼東方剛,道:「你還是將這枚戒指拿去,我留下綠漪劍好了。」

石砥中聰穎無比,馬上便曉得東方萍心中所想,他暗嘆口氣,忖道:「雖

第三章　兩代情仇

「然這紅火寶戒能吸毒袪寒，但我卻親見千毒郎君並不看重這枚戒指，想必對毒人無效。」

他心中雖是如此想，卻依然接過東方萍扔過來的紅火寶戒揣在懷裡。

東方剛冷冷地望了石砥中一眼，道：「你可要換些衣服？」

石砥中低頭看了一下自己身上襤褸的衣衫，淡淡一笑道：「我除了要你女兒之外，天龍谷裡任何的東西我都不要！」

他囁唇一呼，紅馬長嘶一聲，自崖上飛躍下來。寶馬躍落巨石之上，挨著石砥中的身子，親暱地磨擦著，好似非常高興一樣。

東方剛駭異地注視著這雄駿的紅馬，暗讚道：「好馬！真是一匹舉世難逢的好馬，只可惜他快死了，這馬又得讓與別人。」

石砥中輕輕拍了拍紅馬的頸項，然後跨了上去。

仰目望去，兩邊山崖聳入雲天，崖壁峭直平滑，有蒼綠的苔蘚和枯黃的小草。

他輕輕地嘆了一口氣，道：「我走了！」

東方萍怔怔地望著他，默默地點了點頭，嘴唇翕動了兩下，卻沒說出什麼話來。

石砥中深深地望了東方萍一眼，然後移開目光，對東方剛道：「在下就此

別過。」

他話聲一頓，伸手進懷，掏出一塊玉石。

他望了望那塊灰綠色的玉石，苦笑道：「這本是人家一番好意，誰知卻會如此轉變。」

他朗聲道：「這原是你的，現在還給你。」

東方剛接過他扔來的玉石，不由得吃了一驚，道：「這是三十年前⋯⋯」

他抬頭道：「莊兄將這個交與你，你有何要求？」

石砥中朗笑一聲，道：「我從不貪求任何事，這塊玉石要他作什？原璧歸趙有何不好？」

他一抖韁繩，紅馬長嘶一聲，躍下巨石，朝谷外飛奔而去。

東方剛急走兩步，大聲道：「我等著你⋯⋯。」

聲音在谷裡迴盪，她猛然放聲大哭。

東方剛愕然望著遠去的人影，只覺眼前一片模糊，不禁兩滴淚珠浮出眼眶，滑落臉頰。

他心裡泛起一股惆悵而遺憾的情緒，似乎像失落了什麼⋯⋯。

「唉！」他輕嘆一口氣，暗忖道：「像這種具有頂天立地豪邁氣概的千古奇才，卻要遭受這種折磨，東方剛！你怎麼如此喪失人性，還要加重他的

第三章 兩代情仇

他擦了擦臉上的淚水，看到自己的女兒弓身伏在大石上哭泣著。

冷颼的寒風輕迴在谷底，他俯下身，拍了拍東方萍的肩膀，輕聲道：「萍萍，不要哭，是父的錯。」

東方萍以手蒙著臉，伏在自己的膝上哭泣，理都沒理東方剛。

「唉！」東方剛嘆了口氣道：「我閱人不計其數，卻從來沒見過像他這樣倔強的人，萍萍，為父的是為你好，他身帶七星痣，一生災難重重，情債滿身，你自小嬌生慣養，怎能忍受得了？所以我……。」

東方萍恨聲道：「不要說了，不要說，我不要聽。」

東方剛繼續道：「既然你一定要不管一切地跟著他，那我也只得讓你如此，所以我決定……。」

東方萍霍然抬起頭來，急道：「決定怎樣？」

他暗罵道：「東方剛！你老了！也昏庸了。」

東方剛放聲大笑，道：「你說不要聽，又幹嘛要聽？」

東方萍嬌羞地道：「我偏要聽！爹，你快說嘛！」

東方剛道：「我決定重出江湖，到東海去找千毒郎君，問他毒人之毒要怎樣才能解去。」

東方萍睜大了眼，緊盯著她的父親，注意地傾聽著。

東方剛道：「我將要去找尋那種方法或者草藥，然後替石砥中將這些毒去掉。」

東方萍歡欣地叫了一聲，撲進了東方剛的懷裡，不停地道：「爹爹，你真好。」

東方剛呵呵地笑道：「這會兒爹爹變得真好了！還恨不恨爹？」

東方萍搖了搖頭，道：「我最喜歡爹。」

東方剛用手托起東方萍的下巴，笑道：「看你滿臉的淚痕，竟又笑得這樣開心，哭哭笑笑倒跟小孩子一樣，這麼大的姑娘了，真不害羞！」

東方萍嬌羞地擦了擦臉，嘴角洋溢一片濃郁的笑意，美麗無比。

東方剛緩緩抬起頭，望著谷外茫茫的一片，他喃喃地道：「霧起了，人生的道路上又何嘗不是一片白霧，誰都不知道未來究竟會怎樣，因為誰都看不透這層霧。」

他輕輕地嘆了口氣，暗忖道：「但願我這樣做是對的。」

東方萍拉了拉他的手臂，道：「爹，我們快點準備動身嘛。」

東方剛嗯了一聲，道：「你這麼心急幹嘛？反正還有半年的時光。」

他又張口大笑道：「呵呵！怪不得人家說女心向外，女兒大了，連爹爹都

第三章 兩代情仇

不要了！」

東方萍頓足道：「我不來了，你光是笑人家！」

東方剛看到自己女兒那種嬌羞可人的樣子，不由得放懷大笑，道：「既然我笑的是人家，你又何必不來呢？走吧！」

山風吹來一片淡淡的薄霧，卻帶走他呵呵的笑聲。

霧濃了，將整個谷底掩住，笑聲遠去了……。

第四章　毒門二老

冬日，淒迷的陽光普照大地，雪地上兩行蹄印漸漸遠去。

他從天龍谷裡出來，便瘋狂似的縱馬朝南飛奔，整日整夜都沒有停過一步。

石砥中頭戴氈帽，騎在馬上，憂鬱的眼睛裡有疲憊的神色。

直到天色一亮，他才將心裡積蓄的痛苦感情完全發洩出來，然後才緩緩地馳行。

經過整天整夜的奔馳，他發現已經來到沙漠的邊緣。

過了長城，他找到了個成衣鋪，買套衣服和氈帽，然後換下那身檻褸的衣裳。

他受到沉重的打擊，想要借肉體上的折磨，來減輕心裡的痛苦，所以一直

第四章 毒門二老

穿著破衣,赤著背,在荒涼的沙漠裡任憑刺骨的寒風鞭打著。

換過衣服之後,他稍微休息一下,便又啟程往南而行。

將近正午時分,他已來到陝西境內,心中那股狂熱痛苦的情緒一去,卻又湧上深深的憂鬱。

「唉!」他嘆口氣,落寞地搖了搖頭。

回過頭去,那行蹄印在雪地上留下了深深的痕跡。

寬闊的雪原上,就只有這兩行蹄印,使人看來格外有種淒涼的感覺。

他緩緩回過頭來,目中湧現一眶淚水,只聽得他自言自語道:「不堪回首,回首一片淒涼⋯⋯。」

他舉起袖子,擦乾眼淚,孤寂的情緒緊壓在他心頭,使他的憂鬱更濃了。

他的思緒運轉,想起自己自從離家以來,便總是遭逢到命運的折磨,每次才自死亡的隙縫裡鑽過,不久卻又重新面對死亡的威脅。

他自嘲地道:「毒人?天下有誰知道我什麼時候成了毒人!」

他記得在東海遇到千毒郎君時,曾聽過他提及毒人一詞,但他卻不知道毒人究竟是怎麼回事。

但他全身血液都含有劇毒,這總是事實,而且由於這個事實,使得他與東方萍離開得那麼遠。

他苦笑著道：「僅僅半年可活，僅僅半年……。」

他咬了咬嘴唇，思忖著東方剛對自己所說的這句話。

突然，他詫異地忖道：「天龍大帝並非毒門中人，他又怎曉得毒人只能活半年？而且我並沒有服下什麼毒，他又怎曉得毒人只能活半年？而且我並沒有服下什麼毒，他又怎曉得毒人只能活半年？」

他精神一振，繼續忖道：「據千毒郎君說，他一生弄毒，涉獵天下所有毒物，甚至以身試毒，故而百毒不侵，血液中自然產生一種剋制毒物的能力，所以他成了毒人，那麼我又怎麼會成為毒人？」

他是極為聰明之人，思緒流轉，很快地便分析清楚。

他想道：「我昨日力竭筋疲，而且又只顧得與狼群搏鬥，全副精神都用在保護萍萍的安全上，因而不能冷靜考慮。我若是本身中毒，為什麼真氣搜穴都未曾發現一點徵兆，而且我還那麼快便回復過來，身上毫無傷痕，這可能都是因為服下那『還魂草』之效……。」

思想一通，他的心境較剛才開朗不少，已不再覺得抑止不住的愁悶湧上心頭。

他呀了口氣，忖道：「反正人生必有一死，又何必怕成這個樣？」

他揮舞著拳頭，昂首望天，豪邁地道：「我一定要取得鵬城裡的寶物，練成絕世之藝，光大我天山一脈。」

第四章 毒門二老

他頓了頓道:「反正還有半年的時光,足夠我證實這個想法。」

他一念既定,倒覺得腹中有點饑餓起來,極目四望,竟不知何時來到山道裡。

四周高山峻嶺,群峰聳立,一條寬約七尺許的山道,沿著山腳迴繞而去。

雪蓋山嶺,不時有碎冰落下,發出叮叮的脆響。

石砥中摸了摸自己的後腦,忖道:「想不到好好一條官道不走,竟鑽到這條狹窄的山道上來,連個歇息的地方都沒有。」

他正在忖思之際,突地聽見前面馬蹄之聲急速響起,立刻發現自山壁轉彎處,急馳來了一人一騎。

他目光犀利無比,一眼便瞥見那是一個頭紮藍色布巾、身穿白色皮襖的少女。

她騎著一匹烏黑的馬,急速地奔馳過來,好似有什麼人正要追趕上來一樣,臉上現出慌亂的神色。

石砥中見那少女臉色蒼白,偏又很是瘦削,故而兩顆烏溜溜的眼珠看來很大很亮,像兩顆星星一樣地閃爍著。

他緩緩帶馬往道旁一閃,想要讓那個少女先馳過去,因為他知道急著趕路的人,在匆忙趕路時的心情。

轉眼之間，那匹烏騅帶著一陣香風急掠過去。

石砥中深深一吸，一股幽香衝進肺腑，使他不由得回頭望了一望。

那匹馬四蹄如飛，蹄後帶起雪片急馳而去。

石砥中抿了抿嘴正要回頭，卻發現那馬上的少女也回過頭來，朝這邊望了一下。

她發覺石砥中也在望她之際，很快地便回過頭去，不敢再多看他一眼。

石砥中淡淡一笑，一夾馬腹，緩緩往前行去。

誰知他才走了不到丈許遠，背後蹄聲急響，他聞聲回過頭去，只見那匹烏騅馬已掉頭過來，朝牠原來奔來的方向急馳回去。

他詫異地忖道：「這清瘦的少女怎麼又跑回來了呢？莫非她有精神病不成？跑過來又跑過去的……。」

他皺了皺眉，想要任那少女奔馳過去，急驟的蹄聲突然在他身邊一停，又將紅馬帶過一邊，那匹烏騅馬輕嘶一聲，人立而起。

石砥中吃了一驚，卻見那少女整個身子緊貼馬鞍上，沒有跌下來。

她輕喝一聲，那匹馬便屹立不動，然後她喘了口氣，自囊中掏出一個小小的玉盒。

第四章 毒門二老

她說道:「這位相公,請你替我保存一下這個玉盒。」

石砥中愕道:「這……。」

那少女急忙把那玉盒扔給石砥中,她匆匆道:「等下有人追來,不要被他們看到,也不要打開來。」

石砥中張口應聲,卻已見那少女掉轉馬頭飛馳而去,再也不容他多說一句話。

他愕然望著那遠去的少女,暗忖道:「這到底是怎麼回事?她為何要將這玉盒交給我呢?」

他拿起那個玉盒,只見盒上刻著一隻鮮紅的蠍子,還有兩個用金絲纏成的篆字。

他輕輕念道:「天蠍。」

他皺了一下眉頭,忖道:「這是什麼東西?裡面裝的是藥物還是珠寶?或者真是一隻蠍子?」

就在他低頭沉思之際,數匹快馬自前面山崖轉出,飛快地往這邊奔馳而來。

他抬頭一看,只見當先兩騎是兩個長髯老者,後面四騎都是中年壯漢,他們急奔而來,僅瞥了他一眼便自身邊馳過。

石砥中暗忖道：「這幾個人的臉色都一樣的黑，彷彿經年累月都在曬太陽一樣，看他們這樣，莫非正在追趕那個大眼睛的少女？」

他自袖裡又將那個玉盒子拿了出來，怎麼瞧都摸不清裡面到底裝的是什麼，而他也不願開啟玉盒，所以便將之再收進懷裡。

他望了一下身後，已沒再見到那些詭異的騎士。

略一沉吟，他忖道：「我還是到前面鎮上或村上等她，否則在這兒空著肚子等，實在⋯⋯。」

驀地，自山崖轉角處，一連四個道人飛奔而來，他們齊都手持長劍，步履快速無比，轉眼便已飛奔到石砥中的眼前。

他們詫異地望著石砥中，其中那三絡長鬚、飄飄垂胸的老道，衝著石砥中道：「無量壽佛，施主可曾見到一個女子自此經過？」

石砥中見這四個道人都是身穿青色長袍，胸前繡著七顆銀色星星，在左手伸出時，指上有兩顆烏光燦爍的指環，裝扮很是奇怪。

他搖了搖頭，問道：「道長要問那女子做什麼？難道她⋯⋯」

那老道打了個稽首，道：「貧道華山天容，準備要擒住那女子回山，聽候掌門吩咐，請施主告訴貧道⋯⋯。」

石砥中又是搖了搖頭，道：「在下只是在此路過，並未見到有什麼女子經

第四章 毒門二老

過,但不知道長為何要擒住這女子?」

那老道見到石砥中一表堂堂,且又氣概非凡,故而很客氣地對待石砥中,生恐碰錯了人,而致惹上麻煩。

誰知石砥中竟會理都沒理他的話,倒反問了他一句,而且話中前後矛盾,一聽便知說的是假話。

天容道人還未說話,卻聽得蹄聲急響,六騎快馬分成兩排,正追趕著一匹烏騅馬而來。

他叫了一聲,長劍一揮,其餘三個道士便將山路堵住。

石砥中見那被追趕的,正是剛才遞交玉盒給自己的清瘦少女,而在她身後追趕的六騎快馬,正是剛才急馳過去的那六個皮膚黝黑的詭異騎士。

他暗吃一驚,忖道:「怎麼她已跑出老遠,還會被攔截了回來呢?」

天容道人冷冷道:「施主未曾見過這女子?無量壽佛!」

石砥中臉色一沉,道:「道長問的就是這女子?難道華山一門儘是以眾凌寡,以大壓小的好手?」

他冷哼一聲,拂袖而去,緩緩朝那少女馳將過去。

那少女臉色驚慌地奔馳而來,眼見前面道上圍著三個道人,不由得更是驚慌。

她手持一支短劍，劍刃寒光閃閃，看來的確是一柄好劍，但她似乎未與人拚鬥過，握劍的手都微微發抖，連嘴唇也都微微顫抖著。

她看到石砥中縱馬過來，不由驚叫道：「啊！你還沒有走呀！」

石砥中道：「在下一直就在道旁等候姑娘，欲交還玉盒。」

那少女呃地叫了一聲，失望地道：「這下一切都完了。」

她一勒韁繩，臉上帶著淚痕。

石砥中看到那六騎之後，還有三個持劍的道士疾追而來。

那三個道人年紀很輕，也都是身穿青色道袍，胸前繡著七顆銀星。

「哼！」石砥中暗忖道：「原來他是被那三個華山道士堵回來的，真不知她怎麼會惹上華山派與這六個詭異的傢伙。」

那六個騎士將石砥中與那少女圍住，冷冷地望著那少女，沒有作聲。

石砥中四下一望，只見那七個華山道士又將這六個騎士圍在裡面。

他哈哈一笑，道：「妙啊！你們像在做麻袋一樣，一層不夠，還要加上一層。」

那騎在馬上的老者理都沒理圍在他們外面的七個道人，朝石砥中冷漠地盯了一眼，道：「你是不是與她一道的？」

石砥中點頭道：「是一道的，怎樣？」

第四章　毒門二老

那老者伸出手來，寒聲道：「拿來！」

石砥中微笑道：「什麼東西你要拿去？在下一不欠你錢，二不欠你賬，有什麼東西要給你？」

那老者陰惻惻地一笑，道：「你已犯我毒門之例，該受五毒之刑。」

石砥中詫異地道：「江湖上何時又冒出來個毒門？」

他目光一轉，已見那七個華山道士臉色齊都一變，退後了兩步。

他望見那少女的臉色蒼白無比，目中露出恐懼之色，好似在狼群中的小兔一樣。

他憐惜地問道：「請問你，這些人可都是衝著你而來？」

那少女慌亂地點了點頭，求救似的望著石砥中。

石砥中微微一笑，自懷裡掏出那個玉盒，問道：「這是你從他們那兒拿來的？」

那少女輕嘆口氣，道：「我看你像是從未在江湖上行走過一樣，怎會去偷人家的東西？」

他問道：「你祖父有什麼傷？」

那少女道：「你不要交還他們！這個是我要用來救我祖父的。」

那少女道：「他被毒箭刺中，要這隻天蠍才能救他，我……。」

石砥中四下一望，道：「那麼那些華山派的又怎麼找上你呢？莫非你要偷他們的東西？」

那少女蒼白的臉上浮現一絲紅暈，輕聲道：「我想到華山後山飛雲谷裡去採兩味藥草。」

石砥中哦了一聲，這才弄清楚其中根由。

他對那馬上老者道：「各位也都聽見這姑娘的話，在下想請各位暫將這玉盒借與這位姑娘。」

那老者冷哼一聲，對另一老者道：「毒門不現江湖二十年，誰知後輩中卻有這種仗義之士，呵呵，這該成全他——」

他話聲一了，手指微動，數點寒星射出，向石砥中飛去。

石砥中冷哼一聲，大袖微展，便已將那射到的暗器捲住。

他淡淡一笑，道：「這種雕蟲小技也敢來現醜！」

那老者陰惻惻地道：「崑崙派何時又收容俗家子弟？藏空那老禿驢！」

石砥中喝道：「住口，你千萬別侮及我師父！」

那老者呵呵一笑，道：「無知小子，回去向藏空老禿驢說，毒門二老桑左、桑右向他問好！但願他還沒死！」

石砥中還沒說話，已聽見那馬上的一個中年漢子叫道：「跟他嚕嗦做什？

第四章　毒門二老

要他把天蠍交出來！」

石砥中冷哼一聲，道：「今日這天蠍我是要定了！」

那大漢怒喝一聲，飛躍而起，雙手十指張開，迅捷快速地朝石砥中撲來。

石砥中大袖一揚，那數點寒星疾射而去，射向躍在空中的大漢去勢急勁，那大漢在空中怪叫一聲，四肢一劃，平空翻了兩個筋斗，閃開那急速射到的幾點寒星，原式不變地抓到。

石砥中咦了一聲，當頭勁風撲臉，一股腥氣襲來。

他揚目一看，只見那大漢四肢箕張有如蜘蛛，整個手掌都是烏黑發亮，雪白的指甲有如十支小劍插將下來。

那少女驚叫一聲，短劍一動，寒芒迸現，一連三劍，詭奇莫測地朝那撲向石砥中的大漢攻去。

石砥中朗笑一聲，右臂一圈一帶，已將那大漢胸前衣襟擒住。

他目光一閃，瞥見另外兩個大漢也都飛奔過來，於是他振臂一摔，將這大漢扔出，向那左首撲來的大漢撞去。

五指劃空而過，他已長身平躍而起，剎那之中，揮掌橫掃，五指已點中那右首大漢胸前「幽門」、「通谷」、「商曲」三穴。

他輕喝道：「滾回去！」

那大漢吭都沒吭出聲來，便跌落他原來的坐騎之上。石砥中飄身落在馬上，瞥了一眼那互撞的兩個大漢，只見他們都已暈了過去，躺在地上。

桑左臉色微微一變，石砥中道：「這是教訓他們目中無人，下次碰見他們，哼！」

桑右怒喝一聲，有如大鳥翔空，飛撲而來，他身形如電，指掌交拂，一片指影罩下。

石砥中低喝一聲，駢掌如劍，斜削而出，掌沿帶起急嘯，勁風如刀，往桑右身上劈去。

桑右眼見石砥中竟然不理會施以煞手，方待變招，就是一掌劈將過來。他心中大怒，卻不料對方掌式一出，指緣斜斜劃出，就將自己下面的招式都逼得不能施展。

剎那之間，他又大吃一驚，身形平空一移，四肢一陣划動，避開那一掌劃來之勢，自右側連攻三招。

「啪！啪！啪！」雙掌連觸三下。

石砥中身在馬上，上身絲毫不動，右臂伸縮之間，也連出三招。

三聲輕響，石砥中身形一晃，紅馬嘶叫一聲，走了兩步。

第四章　毒門二老

石砥中眼中射出炯炯神光，輕喝一聲，大袖虛空拍出，一股雄渾氣勁自袖底湧出。

桑右三掌與對方相觸，直震得他身形飛起一丈多高。

他驚駭無比地忖道：「這小子內力怎麼如此渾厚，幸好我指上藏有『誅心刺』，他該已經中毒才對。」

他這念頭還未想完，一股柔和的氣勁已經逼上身來。

桑左大喝道：「小心！」

他雙掌推出，氣勁飛旋，向著石砥中發出的勁風撞去。

桑左身在空中，急提一口氣，雙掌連環拍出，也攻出兩道勁風。

「砰——」一聲巨響，桑右怪叫一聲，噴出一口鮮血，飛出二丈開外，一跤跌在地上。

桑左悶哼一聲，也自馬上一跤栽在地上。

石砥中深吸口氣，平抑住心頭翻滾的氣血，張開右掌來。

他只見掌上三支短約一寸的藍色鋼刺，正深深地插在掌心。

「啊——」

那少女驚嚇得尖叫了一聲，用手掩著張開的嘴。凝視著石砥中。

石砥中微微一笑，略一運功，三支鋼刺自掌心跳出。

他望了那少女一眼，道：「謝謝你的關心，這沒關係的。」

那少女慌忙道：「你手上的鋼刺有毒。」

石砥中搖了搖頭，道：「沒有關係，在下並不怕毒！」

他頓了一下，道：「我倒想看看這盒中到底藏的是什麼？值得他們如此拚命！」

那少女急道：「不要開，我叔叔說不能開！裡面是……。」

石砥中沒等她話說完，便已將玉盒打開。

「啊──」

那七個道人驚叫一聲，睜大了雙眼呆望著石砥中。

在石砥中拿著玉盒的手上，一隻通體鮮紅的蠍子，正自將那尾上的螫針刺進他的手腕。

第五章 北斗劍陣

冬日淡淡的陽光投射在石砥中的臉上，使得他那斜軒的劍眉和嘴角一絲冷漠的微笑更加鮮明。

他手上的那隻大蠍子，仍自緊緊地將尾螯刺入他手上腕脈裡，鼓起的肚子不停地顫動著，顯然正在將毒液注入他的體內。

毒門中人都臉露驚喜之容凝望著他，因為他們知道這天蠍為毒門之寶的五大毒物之一。

這種毒蠍蘊有劇毒，只要一見到血，便能藉血液的輸送而攻至心部，剎那之間，便可制人於死地。

故而他們齊都高興地望著石砥中，知道在一個剎那間，這個武藝高強的年輕人便將死去，而他們將可輕鬆地奪回天蠍。

石砥中目光微微一閃，自毒門二老的臉上，移到圍在圈外的七個華山道士身上。

他看到他們那種驚愕的表情，嘴角的微笑更濃了。

「你，你快把蠍子扔掉。」那少女尖聲叫了起來。

石砥中側首望著那臉色蒼白的少女，只見她臉上一片焦急與驚懼的表情。

她那黑亮的眼睛裡，隱藏不住關切的情緒，這使得她的淡紅微帶白色的嘴唇都有點顫抖。

石砥中說道：「在下並不怕這毒物。」

他目中射出懾人的光芒，豪聲道：「天下任何毒物都已不能傷害到我！」

桑右臉色蒼白，顫聲道：「你……你是誰？」

石砥中緩緩伸出右手，將那隻大蠍自左手腕脈上捏起，然後又瞟了那小姑娘一眼，才將蠍子放回玉盒中。

他沉聲道：「姑娘請收回這天蠍。」

那少女眨著美麗的大眼，驚愕無比地凝望著石砥中，她嘴角囁動了好一會，方始道：「你……你真的沒事？」

石砥中淡然一笑，道：「我若有事，早就死了，還能與你講話？你快將玉盒拿回去吧！」

第五章　北斗劍陣

那少女接過玉盒，兩眼望著石砥中，原本蒼白的臉上，泛起一層淡淡的紅暈。

她輕聲問道：「少俠，你姓什麼？」

石砥中道：「道途相逢，何勞過問，在下⋯⋯。」

桑右大喝一聲，道：「喂！你可是現任北宗掌門？」

石砥中不知道毒門尚有南北兩宗的分別，他皺眉道：「什麼北宗南宗的！在下與毒門中人並無關係。」

他頓了一頓，道：「這天蠍就看在敝人的面子上，贈與這位姑娘了，尚願兩位不必再⋯⋯。」

桑左瞪眼喝道：「你身習毒門絕藝，竟然搶劫本門之寶，縱然丁雨峰在此，也不敢如此。」

桑右詫道：「在下說過並非毒門弟子，也不知道丁雨峰是何人。」

他揚聲道：「那你這『毒魔功』從何處習來？」

石砥中愕道：「什麼毒魔功？」

桑右深吸口氣，宏聲道：「昔日南北兩宗分立，丁雨峰攜走本門『毒門秘笈』半冊，意想不到三十年後竟真能習成毒魔功。」

石砥中心裡一動，思忖道：「據千毒郎君丁一平之言，毒人不畏萬毒之侵，但是每隔一段時期就會昏迷不醒，故需服下滅神島上所產之還魂果，以抑止毒性在一段時期中的迸發，而我僅因被幽靈大帝打成重傷，急亂之中將還魂果服下，以至成了丁一平所謂的毒人，現在據這老者說，毒門南北兩宗各分得半冊毒門秘笈，北宗主既然姓丁，莫非就是丁一平不成，那麼他就是為了練成那『毒魔功』，而騙我趕到滅神島去取得還魂果。」

他的思緒如同電光掠空，一閃而過腦際，似乎他已想通了當日千毒郎君以施韻珠作為交換條件，要他到滅神島取得還魂果的原因。

他大聲問道：「你說這毒魔功是毒門的秘笈上所記載的，那麼你們南宗可有人練成？」

桑右怒道：「毒魔功並非本門絕頂奇功，而丁雨峰既缺少上半冊發掌運功之法，僅只能練成防身不畏毒侵而已。」

桑左喝叱道：「右弟，住口！」

他圓睜雙眼瞪著石砥中，又道：「你既為毒門弟子，當知本門祖師所訂規律。」

石砥中道：「本人已經再三聲明，我並非毒門弟子。」

桑右深吸一口氣，沉聲道：「你既然堅決不承認是毒門弟子，那麼今日本

第五章 北斗劍陣

門天蠍被盜，定然是要取回的，這顯然是要向你要了。」

石砥中瞥了那少女一眼，心裡掠過一絲憐惜的情緒，他淡然道：「你們若是必須要取回天蠍，就衝著我來好了。」

桑左陰笑道：「你既然不畏天蠍劇毒，當然自恃不畏任何毒物了，那麼你可敢接我們兄弟聯手的二十招『五毒掌』？若是你能不死，那麼天蠍就此歸你。」

石砥中嘴角泛起一絲淡淡的微笑，道：「在下願意空手接兩位二十招，但是我現在卻有一事要請問兩位！」

桑左望了望桑右，做了個眼色，然後說道：「有什麼事，你儘管說好了！」

桑右冷哂一聲，接著道：「因為等下你將沒有活命的機會了。」

石砥中沒有理會桑右的諷刺，說道：「你能否告訴我，什麼叫做毒人？」

桑左一怔，目光盯住石砥中，略一沉吟，道：「我沒聽說過有『毒人』這一詞，但不知你從何處聽來的！」

石砥中詫異地望著桑左，但他看出對方顯然並沒有說謊，剎那之間，他腦海中意念急轉，許多問題都掠過腦際。

他現在唯一不解的，便是自己為何會身蘊毒液，卻又不至於有任何不適之處。

於是他又問道：「那麼你可知道還魂果到底有什麼作用？」

桑左灰眉一豎，說道：「還魂果為天下三大毒草之一，還魂果最是毒絕無比。」

他聲音一頓，死盯著石砥中，道：「你還說不是本門弟子，這還魂果正是練那毒魔功的必需藥物。」

石砥中恍然大悟，他暗自忖道：「原來丁一平為了要練功，所以騙我取得還魂果，現在看來，他正在七仙島苦練毒魔功了！」

他咬了下嘴唇，略一沉吟，道：「那麼你說服用這還魂果，是否會致人於死？」

桑左道：「誰若服用這毒果不得其法，立即便得喪命！」

桑右大喝道：「別跟他囉嗦了，老大，給他一掌──」

石砥中眉頭一挑，冷峭地道：「你已經運功完了吧！」

桑右臉上掠過一絲深濃的煞意，狠聲道：「小子，你別發狂，馬上要你嚐嚐五毒掌的滋味。」

桑左聚掌於胸，凝氣沉聲道：「你下馬來！」

石砥中只見毒門二老臉上湧起一層淡淡的黑色，那聚合的雙掌轉眼便變為烏黑，很是可怕。

第五章　北斗劍陣

他神情肅穆地對那少女道：「你走開一點！」

那少女驚恐地道：「你要小心點！」

她臉上一紅，將手中短劍遞了過去，道：「你用劍吧，這是把寶劍。」

石砥中搖頭道：「在下說空手接他們二十招五毒掌，也不值得我用劍。」

那少女柳眉跳動，疑惑地道：「你到底是誰？」

石砥中目光一掠四周的華山道士，只見他們都木然呆望著自己，臉上都充滿驚詫之色。

他躍下馬來，道：「你閃開一點，免得傷了你！」

那少女嘴唇嚅動了一下，卻沒能說出什麼，她依言一帶韁繩，朝旁邊閃了一閃。

石砥中單掌撫胸，氣定神凝地挺立著，兩眼凝注在毒門二老身上。

桑右喝道：「你們這些雜毛閃開點，誰若被我毒掌所傷，別怪我沒事先招呼！」

那些胸前繡著七星記號的道士，齊都紛紛閃開，霎時這路上騰出約六丈的空處。

桑左目現煞光，雙掌一抖，身形自左急旋，帶著一股勁風撲到。

桑右低喝一聲，腳下如風，自右邊急攻而進，雙掌劃空削下，一片烏黑的掌影立時便將石砥中罩住。

石砥中挫身疊掌，輕喝一聲，上身往右一偏，迎著滿空的掌影而去。

桑左見石砥中竟然一點都不理會自己發出的掌勁，逕自猛攻桑右。

他勃然大怒，雙掌急分，身形一晃躍起，有如一隻蜘蛛牽著一條游絲掛在空中，掌上烏黑，帶著腥風撲下。

石砥中掌出半式，已覺身後勁風破空襲來，他倒身移步，左掌原式不動向桑右劈去，右掌駢合五指，一式「將軍托天」擊出，向桑左攻去。

桑右怪叫一聲，蹲身弓膝，身似肉球，急旋開去，避開石砥中劈到的左掌，自偏鋒挪身而進，掌影相疊，狠毒無比地向石砥中下盤攻到。

石砥中仰身出掌，只見桑左四肢劃動，類似大蜘蛛騰空，模樣嚇人，可怕無比。

他心頭大震，指尖兜一半弧，自斜角劃出一掌，左掌一翻一覆，在同一時間中，連拍出三掌，向朝下盤攻到的桑右劈去。

「啪！啪！啪！」

三掌相擊，發出密雷似的暴響，桑右身形頓時受挫，連退兩步，方始站穩腳步。

第五章 北斗劍陣

桑左卻悶哼一聲，自空中飛出，跌落在八尺開外。

石砥中臉色鐵青，左肩胛上有一個烏黑的掌印，顯露在衣衫上。

敢情他剛才右掌駢合如劍，劃空劈出，掌風如刀，直逼躍在空中的桑左。

桑左身如大蜘蛛，四肢運行，劃動之際，身形一側，便已讓開對方擊到的一掌。

他頭下腳上，正要向石砥中身側攻進，卻見石砥中五指驟然一合，中指自整個拳中疾伸而出，指尖所及，將桑左胸前「神封」、「靈虛」兩穴罩住。

桑左已經閃避不及，咬緊牙關，運氣護胸，手掌倏然漲大，烏黑如漆，一掌拍在石砥中肩胛之上。

這些動作都在剎那之間，所以石砥中肩上中了一掌，他那學自幽靈絕技「五雷訣印」彈出的中指，也擊中桑左「神封穴」。

他臉色鐵青，左肩幾乎不能動彈，身形搖晃了一下方始站穩。

他心中疑惑不解，為何桑左拚著全身殘廢，也要打自己一掌。

就在他眼望桑左之際，桑右怪叫一聲，身形旋轉，挾著一股急勁的嘯聲撲來。

石砥中側身一讓，急亂之中，右掌豎立如刀，連劈三掌，方始擋住了桑右有如狂風暴雨的猛攻。

桑右兩眼赤紅，手掌發黑，有似瘋狗一樣，身形一挫，仍自急攻而上。

石砥中雙眉軒起，右掌迴旋疾劃，勁風漩激，攔截桑右不顧一切攻到的雙掌。

突地——

桑右雙掌一分，上身後仰，露出胸前空門。

石砥中冷哼一聲，掌式穿出，朝對方胸前劈去。

桑右目現煞光，上身倏然一翻，臉孔向著地面，右足迅捷如電地伸出。

石砥中原先便知道桑右露出空門，乃是誘敵之招，所以他掌式遞出，便是虛招。

眼見桑右一足踢出，他疾伸右掌，朝那踢出的右腿直劈下去。

桑右臉孔向地，卻似背後長了眼睛一樣，右腿一縮，兩手撐地，左足悄無聲息地踢了出去。

他這個樣子，正好像一隻大蠍，伸出那毒絕無比的尾螯，詭絕奇幻。

石砥中一掌劈空，已被桑右左腿踢中右臂。

「呃——」

他臉上泛起一個痛苦的表情，被踢得飛起四尺之高。

桑右翻身而立，臉上神情快意。

第五章 北斗劍陣

但是剎那之間,他那浮在臉上的得意凍結了。

尖銳的嘯聲,一掌如劍切過空中,無情地擊在他雙眉之間。

「啊——」

一聲慘厲的呼聲,自他嘴裡傳出。

桑右雙手掩著臉,自指縫中,一滴滴鮮血流出,滴落在地上。

石砥中臉色凝重地挺立著,他右手掩著左脅,鮮血很快地染紅了他的衣衫。

桑右放開了手,露出了滿是鮮血的臉孔。

他顫聲道:「你⋯⋯你是誰⋯⋯?」

石砥中緩緩道:「在下石砥中。」

桑右喃喃道:「石——砥中⋯⋯。」

他怨恨無比地慘嘷一聲,仰天倒下,死了。

石砥中垂下眼簾,默然望著地下的雪。

他也沒理會那偷偷溜走的兩個毒門弟子,似乎,他是在沉湎於思索中。

只聽得他輕聲道:「那就像是一隻蠍子,出其不意地伸出了牠的尾螫,令人不能防備⋯⋯。」

他正在沉思之際，突地一聲尖銳的驚叫傳來。

他悚然一驚，側首一看，只見那個少女在閃爍的劍陣裡，驚慌地移動著身軀，那頭上紮著的藍色布巾，此刻也都被劍風削得破碎，飄落雪上。

石砥中大喝一聲，飛身躍起兩丈，右掌揮動，劈出一股強勁的掌風，身隨掌走，躍進劍圈之中。

那個少女眼中現出欣喜之色，但是當她看到石砥中身下衣衫都被鮮血染紅時，不禁驚道：「你受傷了！」

石砥中搖搖頭，道：「沒什麼關係，我已經將傷口穴道閉住，不會再流血。」

那少女披散著烏黑的頭髮，鼻尖上幾點汗珠，臉上有著鮮豔的紅暈，加上由於喘氣而微微張開的櫻唇，使得她看來更是美麗動人。

石砥中呆了一下，卻見到她眼睛中突然掠過一絲驚詫恐懼之色。

她驚呼道：「小心！」

石砥中沒等她呼出來，大旋身，急揮五指，指尖所及，已將自背後攻到的長劍劍尖捏住。

× × ×

第五章　北斗劍陣

他一抖手腕，喝道：「撒手！」劍刃「嗡嗡！」一聲，斷為數截落在地上，那個道士虎口破裂，倒退出五步之外。

四周七個道士一齊都往外退出五步，驚懼無比地盯著石砥中。石砥中只覺胸中氣血翻滾，良久方始遏止下來。

他暗自驚忖道：「這些雜毛以北斗星之式排成的劍陣，竟能彙聚七人功力於一劍之中，看來華山派也不簡單！」

那七個道士見到石砥中背後一隻烏黑的掌印，右脅鮮血都滲到衣衫外，臉色也都顯得有些蒼白。

他們互望了一眼，然後都已看到倒斃於雪地上的屍首。

那最年長的天容老道打了個稽首，道：「施主武功不凡，竟能擊斃毒門高手，貧道甚為欽佩，但是貧道尚請施主能及時放手。」

石砥中沉聲道：「華山派為武林正派之一，當非聯手欺凌一個弱女子的卑劣之輩，在下不為已甚，尚請道長及時放手。」

天容道人道：「她潛上華山，將本門『七葉靈芝』偷去，已被本門視為死敵，掌門人也下令擒回山裡，尚祈施主能給予方便……。」

石砥中瞥了那少女一眼，只見她臉上紅暈已退，又回復原先那蒼白的模

樣，令人憐惜不已。

他毅然道：「在下當會向貴派掌門說明此事，並將會補償此一損失，尚請道長能給予方便。」

他說的這兩句都是和天容道人所說的一樣語氣，所以天容道人重重地哼了一聲。

他微怒道：「施主自命絕世豪俠，硬要插手此事，與我華山為敵？」

石砥中淡然一笑，道：「在下從不以為是什麼絕世豪俠，道長過獎了！」

天容還未說話，在他左手邊的天化道人冷哼一聲，道：「無知小子！竟然口出狂言，師兄你何必與他客氣，一併擒走便是！」

石砥中聞言，也冷哼一聲，道：「無知雜毛，就是你們掌門人天樞老道在此，也不敢如此對我……。」

他想起當日與東方萍遇見大內侍衛長奪命雙環申屠雷，和三個藏士來的喇嘛以及兩個老道，那時華山天樞老道曾以為自己一式「將軍盤嶽」是華山派的武功而發出質問。

他輕蔑地道：「儘管他與大內勾結上了，在下也毫不含糊！」

那七個道人齊都一震。

天化道人鐵青著臉，道：「師兄若不趁他受傷之際將其除去，本門……。」

第五章 北斗劍陣

天容道人臉色大變，喝道：「今日容你不得！」

他將手中長劍擲給那被石砥中震斷長劍的年輕道人，自背後又將另一柄長劍拔出。

他臉色頓時變得凝重無比，沉聲喝道：「布『反七星陣』。」

剎那之間，這些道士都劍交左手，右掌撫胸，緩緩行走著。

天容喝道：「天璇急轉，七星閃爍——」

劍刃閃爍，劍風削骨，交錯的劍影霎時將八尺之內布滿。

那少女驚愕地叫了一聲，朝那最先刺到的長劍削去。

石砥中低喝一聲，叱道：「不能那樣！」

他滑步欺身，左臂一帶，將自側面攻到的道人來式擋住。

他右手一圈，便將那少女手中短劍奪下，剎那之間，他連揮兩劍，便生生將那交錯攻到的兩個道士擋出丈外。

他雙眼射出炯炯神光，大喝道：「你們可是怕我洩露出你們與大內勾結之事？」

天容冷冷道：「今日你武功再高，也走不出這『北斗劍陣』，還有什麼機會說出去？」

石砥中道：「你以為北斗七星之陣能嚇得住我？」

他說話之間，劍波交疊，光華燦燦，已自三個不同部位削出五劍，「嗤嗤」的劍氣中，又將圍在外面的劍圈擴大六尺。

天容帶動劍陣，只見面前劍氣寒颯，彷彿那犀利的鋒芒一直對準自己的咽喉，逼得他只好退出六步。

他眼見石砥中身上染血，卻好似一點都沒有受傷一樣，仍自神威凜凜地揮動著劍式。

他心頭一寒，高聲吟道：「朝光虛化，北斗橫空——」

劍陣運行之速，霎時使得劍影彷彿倍增，華山道士都迅捷無比地交錯遊走。

石砥中目中射出駭人的神光，他怒喝一聲，道：「你們若不立即住手，我就要開殺戒了！」

劍陣裡勁風旋激，劍氣瀰漫，冷颯的劍刃錯縱地織成一片光網，密密地將石砥中圈住。

四周劍氣森然，逼人欲窒，使得石砥中驚怒無比，他長嘯一聲，一抖手中短劍，立即自劍尖吐出三寸長的鋒芒。

寒芒如水，劍氣森森，一圈圈的光弧迸發而出。

第五章　北斗劍陣

銀白的劍刃，靈巧地顫出絲絲的星芒，倒灑而出。

「嗤嗤！」之聲大作，霎時只見劍光閃爍，一截截的劍刃掉落塵埃。

天容大喝一聲，道：「七星聚合，七劍朝元——」

其餘六個道士一齊大喝，右掌互相搭著旁邊人的肩膀，手中斷劍緩緩劃一半弧推出。

七劍森立如戟，彙聚著一股雄渾的尖銳勁道，向石砥中撞去。

石砥中剛才連施「將軍十二截」中五招劍式，運行之際，破去了「七星劍陣」，將七支長劍都從中削斷。

他正在驚奇手中劍刃的鋒利時，已見到七劍相聚，那七個道人臉上顯出一種極其痛苦的表情。

他心頭一震，左手一抖，上身旋開一步，左掌已發出「般若真氣」擋在身前。

「嗤——」好似烙紅的鐵投入水中，發出一陣輕響。

那發自七柄劍上的勁道有似一支尖銳的劍，穿過石砥中發出的「般若真氣」迅捷地襲到。

石砥中站在那少女身前，雙眼大睜，自眼中射出爍亮的神光。

他雙手捧著那支通體發白、寒芒流動的短劍，神情肅穆地推出一劍。

劍尖上飛起一圈光暈，晶瑩流轉，耀人眼目……。

光暈乍閃即沒，劍氣瀰空飛旋，一個個的氣渦在四周旋動。

七個道士全身一顫，倒退出兩步，一齊跌在地上，吐出七口鮮血。

那居於中間的天容老道，吐出一口鮮血後，臉上肌肉一陣顫抖，仰天便倒。

他的身體好像氣球膨脹過甚而炸開了一樣，竟然肌肉裂開，流了一地鮮血……。

敢情他匯合六人的內力發出一式摧山斷嶽似的重擊，卻不料被石砥中劍罡擋住，那被逼湧回的內勁，翻旋於體內以致五臟破裂，肌膚炸開。

石砥中雙足釘入地中，雪將他的踝骨都蓋沒了。

他緊閉的嘴角露出一抹殘忍的冷笑，眼中聚滿殺氣……。

那六個道士驚駭萬分地望向石砥中，手中僅握著一把沒有鋒刃的劍柄。

突地──

他們驚叫一聲，往四外竄去。

石砥中暴叫一聲，身形移處，已騰空而起。

他一提短劍，清吟繞空，有似龍飛九天，一道白虹回空急旋，掠過蒼穹陡然切下。

「啊——」

淒厲的慘叫聲裡，一個道人身軀不停顫抖著。

劍刃運行如電，繞空三匝，霎時便斂去滿空寒芒。

石砥中在這一剎那中，已連揮六劍之多。

劍影一斂，六個道人齊都仰天跌倒。

他們眉心正中，一點紅豔，正自流出鮮血⋯⋯。

第六章　五陰絕脈

石砥中漠然凝視著蒼穹，聚合在眉宇間的煞意，漸漸地淡了。

一抹冷肅的苦笑自嘴角浮起，他喃喃地道：「這是逼得我如此……。」

他緩緩收回目光，落在手中的短劍上。

像一泓秋水似的，晶瑩的光芒不斷流動，劍刃上一點血痕都沒有。

他曲指一彈，劍刃一顫，流灩波動，發出一聲龍吟似的輕響。

「好劍！」他不由輕讚了一聲。

回劍入鞘，他只見劍鞘上有白玉雕成的浮像，兩個篆字顯明地刻在上面。

「白冷——」他哦了一聲。

石砥中忖道：「原來與綠漪、藍泓兩劍一起鑄成的白冷劍就是這柄，只不知那臉色蒼白的少女是誰？竟然擁有這柄寶劍。」

第六章 五陰絕脈

他這時才回過頭去，卻見到那少女已經昏倒在地上，仰面朝天，一頭柔軟的秀髮，正自披散地灑在雪地上。

他身形一動，躍到那少女身後，將她上身托起。

只見她面色蒼白如雪，嘴唇抿得緊緊的，雙眉微蹙，像有無限憂鬱般似的。

石砥中嘆道：「像她這種黛綠年華，正當愉快地享受青春之際，她又有何憂愁？看她的身體單薄，顯然是抱病在身。」

他將短劍放在地上，兩指搭在她的脈門之處，好一會才放開手來。

他驚詫地忖道：「這少女好怪，脈搏時而快速時而緩慢，卻又微弱無比，似有似無，她到底身罹何病？」

他的目光落在她那微帶愁容的臉上，一陣陣隱約的幽香衝入鼻中，使得他不由緩緩移過頭去。

「糟糕！這該怎麼辦？」

他暗暗叫苦道：「不知道她害的是什麼病？又不知她來自何方？甚至連她姓名也都不知道，我該怎樣才好？」

他想遍了自己昔日所讀的醫經，也都沒有想出什麼病會有這種徵象。

「中毒？」

思緒急轉，突地想到這兩個字，不由自己也嚇得一跳。

石砥中凝神一看，卻發覺那少女呼吸甚是均勻，臉上也沒有黑色繚繞，顯然並不是中毒。

他的目光停留在那又瘦又白的少女微蹙的雙眉間。他只見她眉心一條長長的青筋，浮現蒼白的皮膚下，直達額頂，為黑髮所掩。

「咦！」

剎那之間，他全身大震，脫口道：「原來她有陰脈在身！」

敢情他幼時曾聽自己父親說過，天下有些人具有「五陰絕脈」。這等人都是聰穎無比，但不能永壽，僅僅能活上十五歲便會夭折，平時更不能用力，過分用力則會昏迷不醒⋯⋯。

所以，這種人是根本不能學習武功的。

他這才恍然為何這少女如此清瘦蒼白。

望著那彎彎的柳眉和那嬌小的櫻唇，他不禁憐惜地忖道：「唉！為何你甘願冒著死亡的危險，而奔上華山去？今日若非我路過此處，你還有活命？」

陽光自高聳的山巒後，斜斜地投射過來，照著雪地上鮮豔的血跡。

石砥中左右一看，只見到幾匹馬在一起，卻沒有見到自己那匹赤兔汗

第六章 五陰絕脈

他想了想道：「還是先把她送到旅店，請個大夫看看，是不是五陰絕脈之症，否則任由她一直昏迷下去還得了？」

他囁唇一呼，紅馬一聲長嘶，自老遠飛奔過來。

石砥中摸摸自己左肩，覺得那被桑左擊中之處仍自火辣辣的。

他自嘲地忖道：「若非我是毒人，這一掌之中所凝聚的劇毒，便可以要我的命，但我卻還是活不了半年之久。」

直到這時，他還是對於自己是否為毒人之事，猶疑不定，摸不清楚。

他將白冷劍放入懷中，然後抱起那少女，將那匹烏騅馬牽在手裡，才縱馬而去。

但是他想了想，又馳馬過去，將自己的外袍解開，把她的頭髮藏在自己的袍裡。

石砥中將那少女身上的披風緊了緊，又將自己的外袍解開，把她的頭髮藏在自己的袍裡。

涼颯的風自幽谷裡吹來，吹起她長長的秀髮。

陣陣幽香隨風撲進鼻來，他的思潮被這清馨的幽香帶得很遠很遠，遠得越過了長城，直到茫茫的大漠中⋯⋯

但是他卻深深地嘆了一口氣，因為那畢竟只是一種幻想，他是已遠離沙漠了。

馳過一排被積雪蓋滿的枯林，他已將高聳的群山拋在馬後。

側首回顧，那筆直乾淨石板鋪成的山道上，有一塊巨石，那正是往華山的通路。

× × ×

石砥中仰首望了望藏在茫茫雲霧裡的華山，冷冷地哼了一聲。

他記起當年父親在華山爭奪金戈玉戟的時候，曾經被凌虛慈航以華山鎮山的「上清劍法」擊敗。

他暗自忖道：「我倒要以天山『冷梅劍法』與你們較量一下，要你們明瞭天山劍法並非不如『上清劍法』！」

他不知華山派自從上代掌門凌虛慈航，被銷金神掌闖入華山暗殺後，便已經沒落了。而華山派苦苦訓練，賴以鎮山的「正反北斗劍陣」，卻在他劍罡之下，毀於一旦。

置華山於身後，他又馳出約半里路，進入了一個城鎮。

剛看到那個城鎮，突有兩騎如飛，自鎮上疾馳而出，轉眼便自身邊掠過。

石砥中匆忙中一看，已見到那兩人都是臉色白淨，頜下三絡長髯，身穿灰

第六章　五陰絕脈

色狐裘，騎著一樣的黃鬃馬，簡直沒有一點分別。

他咦了一聲，不知這兩人怎會長得一模一樣，完全像是同一個模子刻出來的。

他的驚訝之聲也換得同樣的驚訝，但是蹄聲遠去，他只疑惑地忖道：「怎麼這人的聲音如此熟悉？」

他緩緩馳進鎮上，也沒想出那熟悉的聲音自己在何時曾經聽過。

進得鎮來，他很快便已看到一個客店。

「嗯！又是一個太白居！」

他看到那客店門口掛著一塊橫匾。寫了三個斗大的金字，旁邊還有題字人的姓名。

他念了一聲，道：「哦！原來這還是華山掌門所題的，看來這天樞道人寫字還頗有功力！」

一個身著棉襖、縮著頭的小二，堆起笑臉走了過來，道：「相公，您老住店哪！還是喝兩盅解解寒……。」

石砥中道：「你們可有乾淨上房？」

他說到這裡，突地臉色大變，立刻自馬上跳了下來。

那小二嚇了一跳，往後退了兩步，道：「相公，您……？」

石砥中道：「趕忙給我找個好房！」

他衝到客店門口，回頭又道：「把這兩匹馬牽到後邊去餵餵！」

那小二愣愣地站著，兩眼望著石砥中的身形沒入客店。

他一拍腦袋，道：「嘿！這公子爺敢情是帶著妞兒，竟急成這個樣子，連一會兒工夫都等不及了！」

石砥中衝進屋裡，伸手拋了塊銀子在櫃檯上，道：「快找個上房給我！」

那坐在櫃檯的掌櫃正在算帳，被那塊足有五兩重的銀子嚇得一跳，忙一抬頭，便看到石砥中抱著一個少女，神情緊張地望著自己。

他趕忙站了起來，道：「公子，你要上房？跟我來！」

石砥中跟著那掌櫃的進房裡，他對愣住了的掌櫃道：「趕緊替我送一壺酒，還有一盆熱水來！」

他待那掌櫃走出房門，立即將外袍脫下，將白冷劍放在桌上，飛快地走到床前。

那少女雙目緊閉，嘴唇已變為紫黑色，雙眉之間的青筋跳動得非常快，很清楚地浮現於肌膚之上。

他搓了搓手，忖道：「她全身都已經冰冷，顯然陰脈之中的寒煞發作，這可能會使她很快死去，唉！我該怎樣好？」

第六章　五陰絕脈

他咬了咬嘴唇，終於下定決心，十指齊揮，連點那少女身上七十二大穴。

他擦了擦臉上的汗，已聽到店小二叫門之聲，連忙又跑去將門開了。

那個小二將一壺酒和一盆熱水放在桌上，望了望躺在床上的苗條身影，又望了望桌上的短劍，暗暗伸了伸舌頭，就往屋外走去。

石砥中雙手浸在盆裡，捧點水洗了個臉。

他暗自忖道：「據說這五陰絕脈須要服用什麼靈藥，然後再以內力打通陰脈中硬化之處，清除蘊於體力的寒煞⋯⋯。」

他思緒電轉，剎那之間，無數念頭泛上心頭，終於，他想起了身上的紅火寶戒。

他欣然地將紅火寶戒自懷中掏了出來，然後走到床邊將那少女扶起。

他盤膝坐於床上，暗自道：「我也只好這樣了，為了救她一命，不管什麼避嫌不避嫌了！」

他將紅火寶戒放在那少女丹田處，左掌貼著她頂心「百匯穴」，右手平貼她背心「命門穴」。

剎那之間，他閉目凝神，提起丹田真力，緩緩自掌心發出，攻入那少女體內。

時間悄悄地溜了過去，投射於窗口的陽光，漸漸淡了，也越來越長。

石砥中臉色泛白，頭上湧出一滴滴的汗珠，身上散發一層淡淡的白霧⋯⋯。那少女臉上現出痛苦的神情，但是嘴唇卻已變得紅潤鮮豔，連她原本蒼白的雙頰，也都有了淡淡的紅暈。

驀地──

房門外響起「得得！」的聲響，有人在門外呼喚。

石砥中全身動都沒動一下，仍自運功替那少女驅除體內陰煞之氣。

「砰！」的一聲，房門的門閂從中折斷，三個中年道人站在敞開的門口。

他們身穿灰色道袍，背插長劍，臉上滿布寒霜地站在房門口。

當他們一看到屋內的情形，齊都臉色一變，驚駭無比地相互顧盼了一下。

當中那道人駭然道：「這人好深的內功，竟然已達返樸歸真的絕頂地步。」

他臉色凝重地問道：「江湖上有哪個年輕人具有這種功力？元真師弟，你可知道？」

那被喚作元真的道人猶疑一下，答道：「江湖上頂尖年輕高手要數錡玉雙星以及怒劍鬼斧鄭風了，但是他們脾氣古怪，絕不會容我們⋯⋯。」

他話聲未了，另一個道人臉色大變，道：「師兄，你忘記一個人了，他可能是回天劍客！」

第六章　五陰絕脈

「石砥中——」

那當中的道人嚇了一跳，道：「元幻，你可是說那狠辣毒絕，大破海外劍派的回天劍客！」

元幻點了點頭，目光凜然望著盤膝坐於床上的石砥中。

那立在中間的元虛道人低聲喝道：「走！咱們別惹上這魔頭！」

元真伸手一把抓住元虛的大袖，道：「師兄，慢走！」

他指著桌上的那柄短劍，道：「你可認得那柄劍？」

元虛定神一看，臉色大變，道：「這是昨晚⋯⋯。」

元虛詫異地道：「那床上的女子，果然是前兩晚到山上去偷盜七葉紫芝的少女，只不知她身為海外劍派弟子，怎麼會與回天劍客在一起。」

元真道：「師兄，我們該怎麼⋯⋯？」

元幻道人肅然道：「天容師叔他們不知追到哪裡去了，現在⋯⋯？」

元虛道人肅然道：「依小弟我看來，那少女定是被師叔『北斗劍陣』圍住受傷，而被那石砥中救來此地療傷，嘿！我等還以為是被採花賊迷住，帶到這客店要強施暴力呢！」

元虛毅然道：「反正我們不知道那少年是否是石砥中，而那少女則是掌門下令擒拿之人，現在趁他運功之際，將他一併擒上山去。」

他躍進房門，臉色凝重地緩緩走向床前。

元幻和元真互相對望一眼，也跟隨著走進屋裡。

元真走到桌邊，將桌上擺著的白冷劍拿在手上。

元虛左掌撫胸，神情肅穆地走到床前，只見那少女腹部擺著一顆大戒指，戒上鑲著一顆比拇指還大的紅寶石。

晶瑩流轉的光芒自寶石上放射出來，使得那少女身上都被那層寶光罩住。

元虛眼中顯出驚奇的神色，他暗忖道：「這不是大內雁翎權杖命令七大門派，護送給幽靈大帝的紅火寶戒？怎會到了這裡？」

他眼光立刻閃過貪婪之色，伸手便將那顆紅火寶戒拿了起來。

元虛只見那坐在床上的少年，渾身白霧繚繞，兩道炯炯的神光似冷電寒芒，直射自己的心底。

他悚然一驚，不由自主地退了一步。

元虛和元幻走了過來，問道：「師兄，怎麼啦？」

元虛定神一看，卻見到石砥中仍自緊閉雙眼，木然坐在床上，並沒有動一下。

他一眼瞥見元真手上持著的短劍，問道：「這就是那柄寶劍？」

第六章 五陰絕脈

元真點點頭道：「師兄，現在趁他正在運功之際，將他穴道點住，與那少女一併擒上山去！」

元幻道：「他正在凝神運功，若是點了他的穴道，將會變成走火入魔，全身癱瘓。」

元虛臉上掠過一絲狠毒之色道：「管他死活，先將他一併擒住。」

他騈指疾伸，便待點住石砥中「軟麻穴」。

石砥中兩眼一張，上身往後一仰，倒在床上。

元虛二指一伸，卻不料對方往床上一躺，便躲了開去。

他吃了一驚，卻發覺石砥中滿頭大汗，雖然兩眼如電狠狠地盯住自己，但是雙手仍自按著那少女的「百匯穴」和「命門穴」，一點也沒有放鬆。

他膽量大增。知道石砥中正自運功輸入那少女體內，目下一點都不能鬆懈，顯然正在緊急關頭。

他豎掌作刀，喝道：「我不信你還能躲過我這一掌！」

石砥中眼見掌風颼颼，急勁無比地劈下。

他一咬牙，上身一翻，背部向上，硬生生地承受了那沉重的一擊。

「砰！」的一響，他身外繚繞的淡淡的濃霧，散了開去。

元虛一掌劈下，卻依然看到石砥中兩眼盯住自己，那眼中射出濃濃的殺

意，竟使得他心頭湧起一陣寒意。

元真道：「師兄，快將他穴道點住！」

元虛一咬牙，狠聲道：「我偏不信你還受得了我一掌！」

他運氣提掌，輕哼一聲，臉上湧起一層紅暈，衣袍無風自動。

元幻看見元真竟運起全身功力，要發出這重如千鈞的一擊，他不由駭然叫道：「師兄……。」

元真雙眼放光，一掌劈下，氣勁旋激，砰的一響，正好擊在石砥中身上。

「喀吱」一聲，床板破裂片片，石砥中和那少女一齊跌了下去。

木屑飛揚，元真冷哼道：「你就是一塊頑石，我也要劈碎你。」

元幻皺眉道：「師兄，你噴念太重，這人死了不打緊，但他若是其他門派弟子，則……。」

元虛叱道：「他庇護本派死敵，即是本派之敵，若有其他門派干涉，我自會對掌門師尊說明。」

他側首對元真道：「你去將那賤婢擒來，我們就此回山。」

元真走到床前，彎腰伸手，便待將那少女自床底拖起。

驀地，他慘叫一聲，整個身軀平飛而起，「啪嚓！」一聲，撞在牆上，噴得一身的鮮血，像一片枯葉一樣，萎頓落地。

第六章　五陰絕脈

元虛驚愕無比，還未摸清是怎麼回事，已見石砥中從床底站了起來。

石砥中嘴角掛著血跡，胸前也是一片血漬，頭髮披散，滿臉的汗水沾上黑灰，簡直如同鬼魅一般。

他左手拿著白冷劍，兩眼冷酷而凶狠地盯著元虛。

元虛幾乎不能相信自己的眼睛，他顫聲道：「你……你是人是鬼？」

石砥中寒聲道：「我要你的命！」

元幻道人單掌豎胸，沉聲道：「請問大俠貴姓？」

他的話是一字一字地迸出，有如自冰窖裡發出的一樣，在室內迴繞著。

石砥中喝道：「給我滾出去！」

元虛真人心神一定，喝道：「你裝神弄鬼的，在本真人面前少來這一套。」

石砥中冷哼一聲，道：「華山派都是些不知羞恥、不明利害的雜毛，怎得不落至覆亡之地步！」

元虛怒道：「無知小子……。」

石砥中暴喝一聲，道：「無知雜毛，你死定了！」

元幻道人肅容問道：「請問大俠貴姓——」

石砥中沉聲道：「石砥中——」

元幻倒吸一口涼氣，臉色驟然大變，脫口叫道：「回天劍客！」

元虛倒退一步，「鏘！」的一聲拔劍在手。

石砥中冷哼一聲，自床邊跨了出來。

元虛低喝一聲道：「師弟！」

元幻道人聞聲拔劍，神情緊張地注視著緩緩行來的石砥中。

元虛手心沾滿汗水，石砥中每一步踏出都好似踏在他心上一樣，使他驚凜無比。

石砥中一連走出四步，他那犀利的目光如同兩支小劍射出，裡面蘊含的仇恨足可令人魂消魄散。

無虛整個精神像根緊繃的弦一樣，承受不住這種摧心的威脅。

他大喝一聲，劍刃掠起一個光芒，迅捷如風地劈出。

元幻道人也進步揮劍，步履移動間，連擊三劍。劍影幻空，舒捲而去。

石砥中冷哼一聲，上身未動。

「鏘！」的一聲輕響，短劍出鞘，冷芒迸發。

「嗤嗤！」劍氣瀰然，長虹閃爍，轉瞬即滅。

「啊！」一聲慘呼發出，元虛手中長劍斷為六截。

他身上道袍破裂，六道劍痕處正自在滴著鮮血，他的眉心，一道深深的裂口，可以看到白骨。

第六章　五陰絕脈

元虛嘴唇動了一下，眼中露出絕望的目光，仰天便倒在地上，那顆紅火寶戒自衣袍破裂處滾了出來。

石砥中冷漠地望著僅持一根劍柄，驚愕得呆立一旁的元幻道人，沉聲道：

「滾出去！」

元幻如夢初醒，狠狠地扔掉手中劍柄，深深地望了石砥中一眼，掉頭便走。

石砥中輕嘆口氣，道：「把這兩個屍首帶走！」

石砥中輕輕閉下眼睛，無力地垂下頭去，手中的白冷劍脫手掉落地上。

「噹！」的一響，劍刃沒入地底。

無邊的哀愁自他心底流過，他輕輕地嘆了口氣，自言自語道：「在江湖上，人與人之間，為何總是仇恨？似乎永遠都無法解開……。」

他任何時候都不想要殺人，但是每次面臨生死存亡關頭，他又不得不揮劍殺人。

江湖上恩怨纏結，永無休止的時候。

於是處身於江湖中的人，也就永遠不能逃避這種仇殺的環境，因為任何一時的仁慈，都可能因此喪失生命……。

石砥中自嘲地笑道：「動刀的終將死於刀下，我不知到何時才能免於這種

威脅。」

他俯下身去將白冷劍自地下拔出,緩緩地插進劍鞘,一股豪邁的氣概隨著劍刃滑進劍鞘的輕響,自心底浮起。

他握緊短劍,豪邁地道:「一劍在手,我就能縱橫萬里江湖!千古英雄,原就具有這種一劍在手、縱橫天下的豪氣。

歲月消逝,也不能磨蝕這種雄偉的豪氣⋯⋯。

第七章　追魂斷魄

輕輕撫摸著劍鞘上的浮雕，他的目光投落在地上的血漬上，血漬中有那顆閃爍著紅豔光芒的紅火寶戒。

他走前一步，正待將那枚戒指拾起，目光所及，卻看到一雙墨青色的小蠻靴。

那纖細的足踝在白絨毛褲下，露出了靈巧而柔和的弧形，在墨青的靴上有鑲金的細邊和短穗，甚是美麗。

他的目光移上，越過白色的皮襖，到達那如弓的紅唇上。

他神情一震，眼光跳越過那挺秀的瓊鼻，觸及那雙慧黠而明亮的眸子。

那雙美麗的眼睛裡，洋溢著一片純潔無邪的光芒。

一見他凝望著她，她羞澀地一笑，微一斂衽，感激道：「謝謝大俠救命

之恩——」

石砥中慌亂地搖頭道：「這！這不算什麼！」

那少女淺笑道：「大俠，你的臉上……？」

石砥中用手一擦，卻擦得一手的黑灰，他難堪地笑了一下，道：「剛才我替你打通穴道，驅除陰脈中寒煞之氣，這三個道人趁虛而入，差點把我打得心脈震動，走火入魔。」

他說到這裡，卻想到那少女並沒見到華山的三個道士，而自己也太慌亂，而致說話語無倫次，他尷尬地笑了笑，閉住了嘴。

那少女嚥嘴側目，假裝一掠髮絲，掩飾了輕輕地一笑，她回過頭來道：「你……你叫石砥中？」

石砥中點點頭，問道：「姑娘，你……。」

那少女輕聲道：「我姓羅，單名盈，我是來自東海……。」

「東海？」

石砥中哦了一聲，道：「姑娘，你是否身有五陰絕脈？」

羅盈雙眉上挑，訝道：「你怎麼知道？」

她目光一轉，已看到腳邊的紅火寶戒，頓時她的臉色驟變，彎腰拾起紅火寶戒，細細地端詳著。

第七章 追魂斷魄

石砥中見羅盈這種驚愕而似乎欣喜的神情，他那自初次見到她所產生的好感，此刻齊都消失殆盡。

他暗忖道：「女人見到了寶石便連魂都不要了，但也不能這樣惡劣呀！」

他搖了搖頭，伸手一掠掛在額上的髮絲，放下時卻沾得一手的黑灰。

他這才記得自己竟然忘記洗臉了，於是他走到桌前，將右手握著的白冷劍放在桌上，就著盆裡的水洗起臉來。

羅盈走前兩步，激動地問道：「這是紅火寶戒？」

石砥中抬起頭擦了擦臉，道：「這正是紅火寶戒。」

他冷冷道：「姑娘，你的五陰絕脈已經解去了！就是仗著此物！」

羅盈雙眼圓睜，不信地道：「你是說你運功替我驅除體內寒煞，我已不至於在任何時候突然死去？」

石砥中道：「為此，我差點死在華山三個雜毛手下。」

他頓了頓，道：「但是你最好在一個時辰內，將自華山盜來的七葉紫芝服下！因為你的體質太虧了！」

羅盈愕然站立，她凝望著石砥中，似乎要說什麼，卻一時說不出來，嘴唇一直在囁嚅而動。

石砥中道：「你有什麼話，儘管說好了！」

羅盈一咬櫻唇，道：「你是否曾到滅神島去？」

石砥中一愕，道：「是的，你⋯⋯。」

羅盈道：「你就是與金羽君莊鏞一起到滅神島去的那個年輕劍手？」

她激動地道：「我爺爺自滅神島主手裡取得這紅火寶戒，被你強搶去，他老人家還被金羽君的毒羽射中。」

石砥中呃了一聲，想到當日闖進滅神島去，見到一個白髮蒼蒼的老者手裡拿著紅火寶戒，後來他正是被金羽君的金羽射中。

他驚疑地道：「原來你偷盜華山七葉紫芝和毒門的天蠍，就是想要救他的，難道還能有效？」

羅盈眼圈一紅，道：「我弟弟羅戟為了爭奪金碟，以與滅神島主換取紅火寶戒來救我的命，身受重傷差點死去，結果由於這枚戒指，又使爺爺身中毒羽，臥於病床之上。」

石砥中輕嘆口氣，道：「你也不用那紫芝了，我這兒有解藥，你拿去吧！」

「我不要你的解藥⋯⋯。」

石砥中道：「這就算是我為了贖罪吧，我並沒有祈求你的感激，你拿去吧！」

第七章 追魂斷魄

他拿出一包金羽君贈給他的金羽上毒藥的解藥，交給羅盈。

羅盈哼了一聲，道：「現在我已經找到解毒之物，不需你的解藥！」

石砥中道：「四川唐門毒藥暗器聞名天下，毒藥種類繁多，豈是能用以毒攻毒的方法解開的？我承認那人能使令祖毒發之期延長這麼久，的確醫術高明，但是你放著獨門解藥不要，萬一天蠍之法不靈，則令祖……。」

羅盈沉吟了一下，接過解藥，道：「這算是用那柄白冷劍與你換的，劍在桌上，你拿去吧！」

石砥中道：「在下希望姑娘能立刻服下那枚紫芝，以免再次暈倒，而影及體力。」

他頓了頓，道：「至於那柄劍，在下用不著，姑娘拿回去吧！」

羅盈將手中紅火寶戒扔給石砥中，然後深深地望了他一眼，狠聲道：「雖然你救了我的命，但我還是恨你、恨你！」

她姍姍地向門外行去，理都沒理會石砥中。

屋裡揚起一片香風，漸漸淡去。

石砥中愕然佇立屋內，簡直不敢相信這半天內所發生的事。

「恩怨難分！」

他搖了搖頭，喃喃道：「這到底是怎麼回事？救了她倒還恨我……。」

他想了一下，驀然一拍前額，道：「不行，不能讓她就此離開。」

他拿起白冷劍，袖入懷裡，穿上外袍，像一陣風似地衝出屋外，走出迴廊，看到客店裡一個人都沒有，門外，那個店小二愣愣地站著。

紅霞滿天，白雪蓋地，這是一個和恬的冬日黃昏。

但是石砥中卻無心欣賞，他喊道：「小二，我的馬……！」

店小二側首一看，見是石砥中，忙道：「公子爺，那姑娘好兇，一下手就把我們掌櫃的都打得趴下了。」

石砥中雙眉一皺，嚅唇一呼，尖銳的嘯聲飛出。

紅馬長嘶一聲，自客店側院飛奔而來。

鬃毛飛揚，雄姿英發，石砥中輕喝一聲，飄身上馬飛馳而去。

× × ×

沿著黃昏時的光影，他飛騎急馳。

耳邊風聲呼呼，紅馬有似脅生雙翼，展翅飛翔一樣，轉眼便越過遼闊的原野，追及羅盈所騎的烏騅馬了。

他喊道：「羅姑娘，你停停……。」

羅盈慌亂地回過頭來,但是當她看到石砥中臉上掛著焦急的神情時,她輕巧地一笑,一帶韁繩,向右側急奔而去。

石砥中皺了皺眉,輕喝一聲,雙足一夾,紅馬頓時停了下來。

他輕哼一聲,忖道:「讓人看到,還以為我是怎麼樣的一個人,死追著她不放手。」

他猶疑了一下,猛一抬頭,卻見到急馳而去的羅盈受到自西南飛馳而來的十騎快馬攔住。

他目光犀利,一眼瞥見,驚忖道:「幽靈騎士!怎麼會到了這裡……?」

羅盈驚悚地帶住了馬,卻已被那十騎截住,她驚叫一聲,掉轉馬頭,朝石砥中奔來。

石砥中遠遠望見那居首的一個,身披紫色斗篷,長得極為瀟灑的年輕漢子,正自輕薄地笑著,飛也似地追趕過來。

他毫不遲疑,叱喝一聲,紅馬四蹄灑開,掠空奔去。

那年輕漢子眼見羅盈臉色驚慌,有似小鹿般的逃避自己,他哈哈一笑,身形一晃,有如大鳥突飛沖天,自馬上躍起,撲向羅盈上。

他去勢如電,快逾奔馬,狂笑聲中,已落在羅盈馬上。

羅盈嬌叱一聲,反掌急劈而出,欲待將那年輕漢子推下馬去。

誰知她掌一揮出，那年輕漢子上身一側，便已將她右臂脈門扣住。

他狂笑道：「現在你該跑不掉了，前天讓你跑了，害我找得好苦！」

羅盈怒叫道：「你放手！」

那年輕漢子笑道：「現在還想要我放手？我……。」

他話聲未了，眼睛裡閃現出一張憤怒的臉孔。

石砥中喝道：「放手！」

他指掌反揮，朝那年輕漢子擊去。

那年輕漢子立在羅盈馬臀上，眼見石砥中身懸空中，依然開聲出掌，頓時之間，他臉色大變。

「嘿！」他吐氣開聲，左掌一牽一引，掌緣斜臂而出，詭譎地攻出兩掌。

石砥中左肘一曲，撞將出去，左掌一勾，指尖已指向對方「臂儒穴」。

馬，仍在飛奔著，剎那之間，他們卻已連換四招之多。

那年輕的漢子駭然色變，身形一晃，幾乎自馬上跌了下去。

石砥中雙足點在鞍上，大喝道：「下去！」

他那急速點出的一指劃過那年輕漢子右手臂儒穴，直奔對方「聞香穴」而去。

那年輕漢子右臂一麻，抓住羅盈的五指一鬆，眼前一指已迅捷如電地

第七章 追魂斷魄

那指尖上帶著的尖銳指風，使得他心寒膽顫，急忙之間，只得仰身跳下馬去。

石砥中一緊韁繩，那匹烏騅馬頓時人立而起，長嘶一聲，雙蹄在空中連踢兩下，停了下來。

羅盈蒼白的臉色，兩眼蘊滿淚水，幾乎奪眶而出。

石砥中跳下馬來，道：「你是否覺得心裡鬱結難開，想要嘔吐……？」

羅盈點了點頭，兩顆淚珠早已流了出來，她咽聲道：「前天我在華陰遇見他，他便……後來我逃掉了……。」

石砥中柔聲道：「你立刻將七葉紫芝服下，然後趕到令祖處去，這傢伙我會教訓他！」

羅盈搖搖頭，擦了擦臉上掛著的眼淚，道：「我要跟你留在這裡。」

石砥中肅容道：「他們乃是幽靈大帝訓練的幽靈騎士，我不一定能擋得住，有你在此，只會對我不利。」

那年輕漢子冷笑一聲，道：「無知小子，竟敢壞大爺好事。」

石砥中催促道：「羅姑娘，你快走！」

羅盈一咬牙，狠狠地盯了那年輕漢子一眼，輕聲對石砥中道：「你要

「小心。」

她一抖韁繩，朝東北方馳去。

石砥中側頭過來，只見那年輕漢子兩眼盯住自己那匹紅馬，而那九騎蒙面的幽靈騎士冷漠地佇立在旁。

他冷冷地望著那年輕漢子，只見對方頸上有一條長疤，使得那原本很清秀的臉孔減色不少。

他暗忖道：「這道疤遠看倒沒有什麼，近看可就破了相。」

那年輕漢子倏然回過頭來，道：「你是七絕神君的徒兒？」

石砥中見對方眼中含著濃厚的恨意，竟似要吃掉自己一樣地露出了白森森的牙齒。

他冷冷地回望那漢子，緩緩道：「你是誰？西門熊的徒弟？」

那年輕漢子怒道：「無知小子，你那老鬼師父也不敢如此！」

他似是突地想到什麼，聲音一頓，問道：「你叫什麼名字？」

石砥中哼了一聲，道：「你還沒回答我的問題！」

那年輕漢子傲然道：「『怒劍鬼斧』鄭風，幽靈大帝乃我的義父！」

「鄭風？」

石砥中一聽這名字，似乎覺得很熟，略一忖思，他哦了一聲，道：「你就

第七章 追魂斷魄

是雪山三魔之徒！那麼你這頸上傷疤就是七絕神君給你的教訓！」

鄭風臉上掠過一絲狠毒之色，陰惻惻地道：「小子，不管你是誰，今天我都要宰了你！」

石砥中朗笑一聲，道：「像你這等鄙劣行徑，遇到我石砥中，要在你臉上劃過兩道長疤，讓你一輩子都不能忘掉！」

鄭風悚然一驚，脫口呼道：「石砥中，你是回天劍客石砥中？」

石砥中目光射出森然寒芒，狠聲道：「你這狂妄邪惡的小子，承受了西門熊那種狡猾鄙劣的習氣，卻沒能學到他的勇氣，還不滾開！」

鄭風臉色大變，恨恨地道：「姓石的少發狂，今天叫你嚐嚐幽靈一脈的絕技。」

他雙臂一抖，全身骨節一陣密響，有如大熊似地弓起身子，兩眼發出凶殘的目光，眨都不眨地怒視著對手。

石砥中目光一閃，望見那些有似木頭樣呆坐在馬上的幽靈騎士，心裡還真有點忐忑不安。

他暗忖道：「這些像是幽靈樣的怪人，真不知怎麼會如此聽從命令，生似他們已無自己的意志、心靈完全受到控制似的。」

他想到當日在大漠遇見西門錡時，被困於幽靈大陣中，差點便會死去，後

來幸得東方玉來到，自己方始趁機逃走。

這可怕的經驗使得他心裡泛起凜然之意，他摸了摸胸前的白冷劍，暗暗忖道：「萬一必要時，我將使出劍罡之技，將這些毫無人性的幽靈騎士全部殺死。」

他這些念頭有似閃電般掃過腦際，於是，他凝神戒備著。

鄭風大喝一聲，右拳一縮，左手劃一圓弧，往前急跨兩步，右拳疾穿而出，氣勁，旋激迴盪，沉猛無比地撞擊而出。

「嘿！五雷訣印。」

石砥中雙眉一軒，大袖一揚，一股柔和的勁道，有似一面鐵牆，平空推出。

「砰！」的一響，鄭風身形一晃，右拳一引，左拳直搗而出，勁道更是沉猛地攻出。

石砥中知道這「五雷訣印」乃是幽靈大帝所傳最為剛猛的一手絕技，拳式一發，有似長江大河，滾滾而下，力道重疊，愈來愈強……

他忖道：「現在惟有兩種法子破去這剛猛強勁的力道，第一就是趁他拳勁未發時，第二就要等他拳勁剛了的剎那間的虛弱，但是我卻要看看我是否能硬行抵擋住這五拳彙聚之勁。」

「砰——」

一聲巨響，鄭風臉色發紅，身形一頓，雙足陷入地裡半寸。

他雙目大睜，躬身曲膝，發出一聲暴雷似的大喝，全身經過一個短暫的凝滯，好似溪水越過筆直的水道，流暢無比地進步回拳，重逾山岩崩下，刀勁沉猛，連攻兩拳。

飛旋的氣渦一個個帶著怪嘯撞擊而出，石砥中面帶微笑，單掌一劃，緩緩拍出。

在黃昏的霞光裡，他的衣袍無風自動，似凌虛而立，直欲振臂飛去，瀟灑至極。

轟然一聲巨響，他身形一陣搖晃，雙足沒入地中，僅露出足踝在外。

鄭風有如酒醉，全身一陣搖晃，幾乎跌倒於地。

但他卻依然挺立著，全身的衣衫不停飄動，彷彿被風吹得獵獵作響。

他右手握拳，左掌撫著右腕，如同托著千鈞重物，緩緩行將過來……

石砥中臉色凝重，他發覺這鄭風雖僅是西門熊的義子，但是功力較之西門錡還要高出幾分，尤其對這「五雷訣印」練得極為純熟，運行之際，流暢無比，已將拳勁的剛強驃悍發揮極致。

他見到鄭風每一步行走，都留下一個三寸多深的足印，形象駭人無比。

他心中掠過一絲陰影，他記得當日就是被西門錡這最後一式擊中。

他全神貫注，全身如一支繃緊弓弦般的鄭風，兩眼發赤，咧開的嘴裡，露出雪白的牙齒……。

「嘿！」他大喝一聲，右拳急穿而出，一股急嘯響起，氣柱真如有形之物一樣，猛撞而去。

「砰！」

石砥中大喝一聲，雙掌連拍，般若真氣層疊連擊而出。

密雷迸發，氣勁飛旋，雪水混和著沙石，捲起空中，瀰散開去。

鄭風目光如電，那懸於空中的右拳，條然中指一彈而出，急銳的一縷指風如錐射出。

石砥中身形倒飛而出，他怒喝一聲，一道白虹如扇旋開，護住胸前。

「噹！」

一聲輕響，那縷指風射中劍幕之上，石砥中手腕一顫，自空中掉落而下，短劍差點脫手飛去。

他深吸了口氣，駭然忖道：「上次我就中了這摧金切玉的最後一拳裡彈出的一指，沒想到現在依然抵擋不住，這一指之勁，較之佛門失傳的『彈指神功』竟還要厲害……。」

鄭風臉色泛白，他愕立了一下，怒吼一聲，身如旋風，已自馬鞍上將一柄

第七章 追魂斷魄

斧頭抽出。

他仰天狂笑一聲,右手握著那柄長約四尺的大斧,揮灑一片烏光,急劈而下。

金風破空,威勢懾人,大斧掠空劃過,落向石砥中頭頂。

石砥中劍式一引,身形已斜穿出六步,劍尖一跳,彈出一朵劍花。

「叮!叮!叮!」

劍尖擊中大斧,發出幾點火星。

× × ×

一聲短暫而急的銀哨響起。

鄭風左手自背上拔出長劍,靈巧地攻出三劍。

劍痕閃爍,幾個幽靈騎士像幽靈似地躍下馬來。

他們都是左劍右斧,有如鬼魅般圍了上來。

鄭風大喝道:「布追魂斷魄兩章。」

劍斧掠空,暮色陰沉,但是閃爍的霞光瀰漫二丈之內。

無邊的劍影,交織成一片,閃爍的劍光與斧影有似一面巨網,將石砥中裹

在裡面，不容許他逃出網外。

石砥中臉色凝重，身形旋走，劍刃發出璀璨的光華，在這面網裡迴旋著。

轉眼之間，他已揮出八劍之多，劍芒如水，遍灑而出，但是卻僅能護住身子，不能脫出那交織有如密網的劍痕斧影裡。

他發覺自己有似置身於驚濤駭浪之中，身形被那移動的劍陣帶得迴旋游走，連每一劍的擊出，也都被帶得不能隨心所欲。

他心中驚駭不已，忖道：「這個陣法運轉出來，僅是由六人所組成的，六劍運行，並不能發出這種牽引之力，而使人有束縛的感覺。

他思緒運轉下，頓時迴劍護胸，將劍幕縮小，隨著那似洪流一樣的強烈劍氣迴旋。

他雙目發光，凝神靜氣，渾身每一個毛孔都充滿了氣勁，左手平掌於胸，已將「般若真氣」運於掌中。

此刻，他有似一個繃緊弦的大弓，只要一抓到了機會，便將發出他那駭人的一擊。

當日他在大漠初次遇見這幽靈大陣時，迴旋的力量，使人非要向右邊行走，方能減輕那萬鈞重壓和足以令人窒息的氣旋，這裡面的原因何在？」

第七章 追魂斷魄

大陣如飛運轉,那大斧渾厚沉重的呼呼風聲,與劍刃劃空運行的「嗤嗤!」之聲,混合成一股旋激迴盪的氣網,正自不斷地縮小。

鄭風見到石砥中那種樣子,狂笑道:「好小子,再有八招,你將會筋骨斷裂而死,江湖之上將永遠除去石砥中這個名字了。」

石砥中冷哼一聲,沒有再說什麼。

此刻,他的鼻尖上早已沁出點點汗珠,心頭已有一種被壓縮的感覺。

他忖道:「這個幽靈大陣的運行,好似一種折屈的『八卦陣』一樣,八八六十四卦,每一個方位又自成八卦二式,故而成了一種渾圓而毫無隙縫的整體。」

他大吼一聲,左掌一抖,迴旋有如狂風的氣勁自袖底發出。

「般若真氣」方一發出,他身如陀螺急轉,劍尖吐出一縷長約二寸的光芒,在一個剎那裡攻出了四劍之多。

「嗤——」

劍氣如虹,劃破那面密織的網,瀰然發散開去。

身外的壓力一鬆,氣渦裡頓時空出一大塊的空隙。

石砥中深吸口氣,身形突然飛騰起來——

鄭風怒吼一聲,大斧劈出,烏光閃爍,掠過空中。

那些蒙面的幽靈騎士也都揚起大斧，回空掠過一道烏光，急劈而下。

剎那之間，十面大斧有如鋼山壓下。

重逾千斤的勁道排空而至，聚結而至。

石砥中躍在空中的身子一窒，立即墜落下來。

他急喘兩口氣，腳下遊走，又隨著大陣而向右邊旋轉。

鄭風齜著牙齒，獰笑道：「小子，就算你發生雙翅也飛不出陣外去，乖乖就死吧！」

石砥中冷漠地凝視著劍刃的運行，沒有理會鄭風的冷語嘲弄。

他暗忖道：「在沒能完全瞭解這陣的全部奧秘之前，只有兩個法子可以脫開大陣，第一就是以絕頂輕功帶動劍陣運行，較之原先運行的速度還要快，那麼就能像牽著一根線，而線上縛著石頭一樣，揮動極快時，石頭自然飛出老遠，而不須使出太大的力量⋯⋯。」

他思緒一轉，立即腳下加速，順著右邊，疾速無比地迴行著。

本來他也是身不由己，隨著那股迴旋的巨大勁道行走著，此刻他有似瘋狂地奔行，立刻將那大陣帶動起來。

但是那分散的力道隨著這急速的旋轉，混凝而成，自每一個角度攻了進來。

「糟糕！」這個幽靈大陣竟是聚合巨斧的剛強渾厚之勁與長劍的輕靈詭譎

第七章 追魂斷魄

之勢。「我這一來，卻正好圓滿地將這兩種力道混凝在一起！」

他喘了一口氣，暗忖道：「現在我只能施出第二種方法，我拚著耗盡一身功力，也要破去陣法。」

這些念頭有似閃電掠過腦際，霎時，他也不管滿頭大汗流下，急速奔走的身子驟然停了下來。

「呃——」

他臉上掠過一個痛苦的表情，身軀在那急旋的勁道裡微微一顫。

陡然之間，只見他左手劍刃一挑，爍亮的光痕一閃，自劍尖處升起一輪絢麗的光圈……。

「噗！」一個蒙面的幽靈騎士首先劍折斧斷，慘叫一聲，倒跌而出，在他胸前，一個大洞正自汨汨地流著鮮血。

石砥中只見那迴旋的力道有似鐵柱重重一擊，撞到胸前，使得他護身真氣差點被震散。

他急速運起一口氣勁，腳下連踏兩步，白冷劍往前一送，兩輪劍痕閃起，光暈乍現即沒。

「鏘！」劍折斧斷，墜落塵埃。

兩個人影跌翻開去，鮮血飛濺……。

石砥中悶哼一聲，身形一陣搖晃，吐出一口鮮血，大陣運行不止，他這一口鮮血正好噴在那補遞而上的另一名幽靈騎士身上。

剎那之間，他的衣衫盡蝕，慘叫一聲，仰天跌於地上。

石砥中一口鮮血噴出，身形一顫，站立不住，單膝跪了下去。

鄭風大吃一驚，慌亂中銀哨一響，正待命令那剩下的五個幽靈騎士變換陣法。

但他卻眼見石砥中站立不住，跪了下去，頓時之間，他大喝一聲，大斧湊著勁風，直劈而下。

石砥中胸中氣血翻滾，還未遏止，眼前斧光急閃，帶著長嘯劈下。

他慘笑一聲，右手短劍一撩，劍虹揚起，迎將上去。

「噗！」

犀利的劍刃切入大斧之中，將大斧截為兩段。

自斧上傳來的沉重力道震得他手腕一顫，短劍幾乎脫手。

這沉重的勁道使得他的胸中激盪的氣血，竟然循著相反的方向，沿著經脈倒逆而行。

「呃！」他痛苦地叫了一聲，短劍被他插入地裡。

這種氣血逆行之痛苦，使得他全身都像要膨脹一樣，他全身扭曲，趴倒在

第七章 追魂斷魄

就在這時，那五個冷漠的幽靈騎士，都劍斧交加，劈將下來。

劍斧齊揚，劃空落下，眼見石砥中便將死於亂劍重斧之下。

驀然——

石砥中有似瘋狂地怒吼一聲，左掌迴行一個大弧，劈將出來。

剎那之間，腥風揚起，如傘張開⋯⋯。

鄭風眼見這情形，幾乎無法相信自己的眼睛，他摸了下腦袋，駭然望著那五個仰天跌斃的幽靈騎士。

慘厲的呼聲猶自悶在喉嚨，便已戛然而止。

「呃！」

五個幽靈騎士跌翻開去，四肢扭曲成一團。

黃昏的落日餘暉，使得他清晰地看到那五個人都像被炒熟的蝦子似的，蜷縮著四肢。

衣衫破裂之處，那露在外面的肌膚都變為黑色，泛著黯黑的微光⋯⋯。

這等駭人之事，使得他呆愕住了，一時之間全部思緒停頓住，腦中成了真空。

好一會，他才回過頭來，喃喃道：「這是不可能的！這是不可能的！」

但是倏然之間，一個意念掠過腦際。

他脫口呼道：「中毒！他們是中毒——」

他目光急轉，看到趴伏地上的石砥。

正當此時，石砥中兩眼張開，緩緩地站了起來。

鄭風視線所及，接觸到石砥中凝視的目光。

陡然之間，他全身一震，倒吸一口涼氣。

敢情石砥中雙眼之中，碧光閃爍，晶瑩流轉，光華四射，懾人心志……

鄭風驚駭地大叫一聲，反身便飛躍而逃，連馬都不敢要。

第八章 白玉冷劍

夜風呼嘯而過，冬日的夜晚來得早，暮靄已經完全褪去，夜色深沉了！石砥中茫然站在雪地上，他雙眼之中碧光閃爍，燦然若電，在黑夜之中更是奪人眼目。

他彷彿忘了這是什麼地方，也忘了現在是什麼時候，他僅是愣愣地佇立著。

好一會，他眼中的碧光方始漸漸地隱去。

他深深吁了口氣，自言自語道：「這是什麼地方？」

於是他的視線向下移動，滿地的斷劍缺斧和九個蒙著面的屍首在眼前掠過，但他卻眉頭微皺，自言自語道：「這些人為什麼會死在這裡？」

他看到地上的白冷劍還在發著光，不由欣然彎腰將短劍拾起。

他細細一看，用手指輕彈劍刃，立時波形的劍光一閃，發出一聲龍吟。

「好劍！」他讚道：「這真是一柄好劍，只不知是誰掉落在這裡的？」

他目光一轉，便又看見白玉雕成的劍鞘。

他詫異地拾起劍鞘，道：「咦！這劍柄怎麼這樣眼熟？莫非是我遺失的不成？」

他輕皺雙眉，想要從記憶裡找出這柄劍的影子，但是腦海中一片空白，裡面竟然沒有一點可記憶的。

他痛苦地搖搖頭，忖道：「我究竟何時看過這柄劍？怎麼記不起來呢？」

他將短劍放在眼前，只見上面有金絲纏成的文字，他輕輕念道：「白冷劍。」

他靜靜地思索，但是卻依然沒有想出它的來歷。

夜色蒼茫，遠處有狗吠的聲音，隨著寒風傳來。

他將短劍放進懷裡，緩緩地向四下望了一眼。

才走出不到十步，他便見到一騎如血的紅馬從遠處馳來，他暗忖道：「怎會有全身通紅的馬？」

他仰首望天，忖道：「現在已是晚上，怎麼我還看得那麼清楚？」

紅馬長嘶一聲，奔到他的身邊停了下來。

第八章　白玉冷劍

石砥中只覺腦中掠過一個印象，他脫口道：「這馬是我的！」

紅馬四蹄輕踢，挨著石砥中身上擦了一下，親熱無比地輕嘶著。

石砥中跨上了馬，摸摸肚子，自言自語道：「我好像今晚沒吃飯，怎麼肚子這樣餓，看來要去吃頓飯才行。」

他正胡思亂想之際，已見到一騎如飛，急馳而來，馬上坐著一個身穿白色棉襖的美麗少女。

羅盈愕然四下察看，直到行近石砥中時，她方始欣喜地大叫一聲，往石砥中身邊靠來。

她臉上如綻春光，道：「你安好吧！那些人呢？」

石砥中眼睛在夜裡視物如同白晝，他愕然道：「怎麼？你認識我？」

羅盈愕道：「怎麼？你不認識我了？」

石砥中搖了搖頭，道：「我不認識你。」

他頓了頓，道：「姑娘！你尊姓大名……？」

羅盈疑惑地望著輪廓清晰的石砥中沉吟道：「我怎覺得這名字好熟悉。」

「羅盈？」石砥中詫異地道：「我是羅盈呀！你不記得我了……？」

羅盈惶惑地道：「你剛才遇見幽靈大帝的部下，你……你還叫我跑開，我

石砥中腦海裡掠過一個凶殘的臉龐，恍然道：「幽靈大帝，我記得幽靈大帝。」

石砥中聞言四下顧盼，果然看到一地的屍首，他惑然道：「這些人都是我殺的？」

「是呀！」羅盈叫道：「那叫鄭風的狂徒圍了上來，你救了我。」

石砥中目光凝注在羅盈臉上，點頭道：「我一點都不記得了！」

石砥中道：「在下並不認識姑娘你，所以你也不必……。」

羅盈急得快哭出來了，她自責道：「都是我不好！害得你變成這樣！」

石砥中拂然不樂，道：「在下並無不舒服，只不過一時想不起為何會身在此地而已！」

羅盈驚疑地道：「你不記得了？」

石砥中目瞪口呆，她囁嚅地道：「你怎麼會這樣呢？」

石砥中四下一看，只見滿地都是屍首，不禁駭然道：「他們都是被你殺死的？」

是不放心才回來看看你的。」

羅盈眼珠一轉，羅盈恨恨地道：「你是不是故意裝成這樣子來嚇我？」

羅盈眼珠一轉，又道：「當你殺這些人時，可曾見到鄭風？為何任他逃走？」

第八章　白玉冷劍

石砥中皺眉道：「鄭風？」

他想了一下，道：「我記得我剛從地上爬起來時，一個手持長劍，身上穿著紫色披風的年輕漢子驚惶地逃走，莫非他就是鄭風？」

羅盈惶然道：「那麼你真的已經失去記憶了？」

石砥中茫然望著她，愕道：「我真的失去記憶？我是失去記憶嗎？」

羅盈大聲道：「你還記得你自己是誰嗎？」

石砥中一愕，卻真的想不出自己究竟是誰，他苦苦思索，依然沒有想出自己的名字，於是他惶然地道：「我究竟是誰？」

羅盈這才真正地證實了石砥中已經失去了記憶，她一時之間，整個心靈都陷落在一種恍忽而迷惑的境界裡。

石砥中沒見到她回答自己，惶惑地喃喃道：「我究竟是誰？我究竟是誰？」

羅盈則依然沉湎在恍忽中，她喃喃道：「我不該服下七葉靈芝，我該留下來給你，我也不該走開，否則你不會如此⋯⋯。」

石砥中痛苦地吶喊道：「我究竟是誰？我到底是誰？」

羅盈被他這聲吼叫驚醒，她抬起頭來，卻突地見到他那如電的目光裡，碧色的光華閃爍而出。

她駭然道：「你怎麼啦？你的眼睛⋯⋯？」

石砥中雙眼之中碧光大現，在黑夜之中，有似星星般放射出閃爍的光芒。

他大聲道：「快告訴我，我到底是誰？」

羅盈道：「你是石砥中——」

石砥中全身一震，脫口道：「石砥中？我叫石砥中？」

他腦海之中掠過一個模糊的影子，但是很快地又趨於空白，他詫異地道：「那麼我為何會在這裡呢？」

羅盈禁不住雙眼中淚珠滾滾流出，她泣道：「這都是我不好，使你陷身在幽靈大帝手下的幽靈大陣裡，才會變成這樣。」

石砥中呃了一聲，道：「原來我是受了幽靈大陣的圍攻，才會失去記憶。」

羅盈擦了擦眼淚，柔聲道：「你可能大腦受到震盪才會如此，現在你如跟我去西安城，那兒有我師伯，他精於醫術，或可使你恢復記憶，你看這樣可好？」

石砥中想了一下，道：「你是不是與我很親近的朋友？」

羅盈羞怯地搖頭道：「並不很親近……。」

石砥中道：「那麼我不能與你一同到西安去。」

羅盈急得又哭出來了，她泣道：「你記憶全失，怎能單身一人？而且你與我一起到西安去，可能有恢復記憶的機會。」

第八章 白玉冷劍

石砥中皺眉道:「好了!好了!別哭了,我跟你一道去就是!」

羅盈破顏一笑,道:「那麼你一定要聽我的話!」

石砥中點了點頭,便閉上了嘴,似乎多說了話,他便很累似的。

羅盈欣喜地望著石砥中,她那一雙黑亮的眸子不停轉動著,好似要將石砥中此刻的樣子深鐫在心底。

突地,她發覺石砥中眼中碧光漸漸隱去,又回復正常的烏黑,她不敢開口詢問,僅是暗暗地忖道:「他原先眼珠不會泛出碧光,為何失去記憶後便會時而現出碧光,真個使人驚駭……。」

石砥中見羅盈不停打量自己,忙道:「走吧!我的肚子很餓了。」

羅盈笑著將馬上包囊解開,從裡面拿出一個乾糧袋,交給石砥中,道:「我倒忘了這兒有乾糧和風雞,你先吃完了,我們再趕路吧!先到前面鎮上,我還有同伴在那兒呢!」

石砥中接過乾糧道:「你肚子餓可別怪我,反正我已把乾糧交給你了!」

× × ×

雙騎在茫茫夜色裡飛馳。

天空有月亮，蛟潔的月光將兩個影子投射在雪地上。蹄聲在風裡傳了開去，有規律地敲破了寧靜的夜，約有半個時辰光景，已可看到點點燈火在山腳下閃爍⋯⋯。

羅盈指著前方，道：「前面就是了，我們在那兒歇一晚，等到明天早再趕路，一個多時辰便可以到西安城了。」

石砥中側首問道：「你說在那城裡還有同伴，那麼你是從哪裡來的？」

羅盈道：「這次是為了我爺爺的傷，我們島上的門人，除了我弟到海南島去學習劍術外，全都到了中原，所以這次我才能借著他們的掩護，來到華山⋯⋯。」

「石砥中⋯⋯。」

她話聲一頓，笑道：「哦！我忘了你已經失去記憶，當然不曉得我是來自何處，告訴你，我是來自東海羅公島。」

石砥中不悅地道：「我不高興你老是說我失去記憶，好像我這人全都要依賴你似的，我卻認為我該是縱橫天下的人。」

羅盈一愕，但是立即她便瞭解到石砥中心裡的意思。

這種傲然的豪氣，是每一個大丈夫所具有的，而每一個英雄在心底的深處，都會具有縱橫天下的壯志⋯⋯。

第八章　白玉冷劍

她見到石砥中已失去記憶，卻仍然不甘於受人支配，受人憐憫。他具有一種獨立的意志，這種強傲的性格，的確讓她悅服。

她默默望著石砥中，款款深情。

石砥中不好意思地乾咳一聲，道：「希望不要見怪，我只是心裡想說便說出來了。」

羅盈搖頭道：「我沒有怪你，我想我以後不會再說這句話了！」

石砥中正要說話，卻突地見到前面跟蹌地跑來三個人。他眉頭一皺，已見到後面五個手持兵刃的道人飛奔而來。

這種追逐殘殺的情景映入腦海，他心弦一顫，生似自己也曾經被道士追逐殘殺，浴血奔逃⋯⋯。

他心底掠過一種極為厭惡的感覺，真想揮掌而去。

那五個道士怒喝之聲在黑夜裡清楚地傳了過來，轉眼之間，那前面奔走的兩個漢子已經奔近石砥中身旁。

羅盈吃了一驚，喊道：「羅森、羅平，你們怎麼啦？」

那兩個大漢吃了一驚，大叫道：「小姐，快跑⋯⋯！」

羅盈跳下馬來，道：「你們怎麼這樣？」

羅森喘著氣道：「我們被中原各派聯合起來，在夜間偷襲，他們全都

羅盈急道：「我爺爺他們怎樣了……？」

羅平撫著髮下，道：「島主情況不知，不過據武當派雜毛說，大內認為我們海外劍派偷去他們的什麼戒指，這一次一定要將我們留在中原……。」

羅盈還未及聽清楚羅平所說的話，已聽見一聲悶雷似的暴喝，接著便是一聲慘厲的叫聲傳來。

她吃了一驚，定神一看，只見追來的道士齊都止住，站在石砥中身前七尺之處。

石砥中手中捏著一柄長劍的劍尖，昂然佇立，在他腳旁，一個道士全身浴血，倒臥在地上。

他在黑夜裡，站在四個道人面前，每個道人都是驚怒地持劍面對他。

這個印象使得他心頭震撼著，他只覺自己隨時都有敵人，而這些敵人都是道士。

那深藏於腦海裡的印象，使得他心底泛起一種仇恨的特異情緒，有如滾滾的江水，在他心底不斷激盪。

他沉聲道：「你們都該死！」

那四個道人眼見石砥中躍身下馬，僅一招功夫，便將那個道人的長劍抓

第八章 白玉冷劍

住，揮掌擊斃。

他們驚駭地互望一眼，那當首的道人單掌打了個稽首，道：「貧道武當鏡緣，不知施主可是無情劍何施主？」

石砥中哼了一聲，怒道：「你們這些雜毛都報上名來！」

鏡緣臉色一變，道：「施主雖然劍法如神，但請稍留口德，因為施主現在已經到了中原……。」

石砥中一抖手中劍尖，「嗡！」的一聲，長劍立即斷成六截，墜落地上。

他冷哼一聲，道：「你們報上名來！」

「貧道點蒼浮雲──」

「貧道華山元成──」

「貧道崆峒玄明──」

石砥中冷哼一聲，道：「都是些該死的雜毛。」

四個道人齊都臉色大變。

武當鏡緣道人重重地怒哼一聲，道：「施主蔑視中原各派，顯然是自取滅亡。」

石砥中大聲道：「我要殺盡天下的雜毛。」

點蒼浮雲道人嘿嘿一笑，道：「好大的膽子，好狂的口氣。」

他的笑聲突地噎住，話聲一頓，恐怖的神色立時泛現臉上。

敢情在月光下，石砥中雙眼突地轉變為碧綠之色，眼中碧光閃耀，躡人心神。

武當鏡緣駭異地道：「你究竟是誰？」

石砥中體內真氣逆行全身經脈，頓時眼中泛出碧光。

他腦海之中，閃現的只是自己全身都是鮮血，被三個道人圍住要加以殺害的情景……。

他狂笑一聲，笑聲在黑夜裡迴盪著，有似野狼的嗥叫，震懾住每一個人的心神。

他跨前一步，喝道：「我叫石砥中——」

「回天劍客！」華山元成脫口呼道。

石砥中急旋的身形突地一頓，茫然道：「回天劍客？誰是回天劍客……。」

武當鏡緣大聲道：「施主絕藝超群，但是卻不知與海外劍派……。」

石砥中暴喝一聲，單掌一揮，急如電閃，劃空劈下。

掌緣掠過空中，急嘯之聲大作，鏡緣大吃一驚，舉劍削出。

劍刃顫起一道光弧還未能圓滿之際，正好碰到石砥中急劈而下的鐵掌。

「嗡——」

第八章　白玉冷劍

劍刃被擊，光弧立沒，長劍「鏘！」的一聲，斷為兩截。

石砥中急速劈下的一掌剛好擊中鏡緣胸前。

「呃──」鏡緣噴出一口鮮血，跌倒地上。

這些動作都是在一個剎那間完成的，鏡緣身形一倒，其他三個道人都大吃一驚，各自攻出本門的絕招，往石砥中攻到。

石砥中身形急轉，有如陀螺，飛捲而去。

他雙眼之中碧光大盛，掌緣劃出，勁風旋激，有似江湖洶湧翻滾。

三道劍光交織成的光幕，被這股強勁的掌風擊得一震，立即劍斷光隱。

三個道人大叫一聲，虎口裂開，腳下退出六步之外。

石砥中身形如電掠空，陡然之間，齊發三掌。

慘叫連連，三個道人未及閃開，齊都倒地死去。

他們的屍體立即泛上一層黑色的陰暗的光彩⋯⋯

石砥中茫然佇立著，任憑晚風吹動他的衣袂。

第九章 毒魔神功

羅盈眼見石砥中揮掌出擊，以不可思議的速度，轉眼間便將四個道人全部殺死。她心中泛起一種驚悚之感，在印象中，石砥中似乎與她昨日遇見的揮劍傲笑的神態不大相同。

她忖道：「他不知為何失去記憶，整個人雖然沒有什麼改變！但是卻增加了一種神秘而令人戰慄的無形氣質，尤其那逐漸變為碧綠的目光，更是使人感到恐怖。」

她思忖之中，羅平驚疑問道：「小姐，他就是那單劍力敵海南笁島主與崎石何島主的回天劍客？」

羅盈聽出他聲音裡恐懼的情緒，她應聲道：「正是他——」

羅平顫聲道：「他是海外劍派大敵，小姐你……？」

第九章　毒魔神功

羅盈臉色一沉，道：「他現在是不會與本島為敵了。」

她思緒一轉，又道：「今晚爺爺遭各大門派襲擊，大概也要他去才能夠挽救！」

羅平惶恐地道：「是！小姐，恕小的失言。」

羅盈跳下馬去，緩緩走到石砥中身旁。

石砥中雙眼之中碧光漸漸隱去，又回復原來的黑亮。

他將目光凝注在遠處的天邊，在那兒，暮色蓋在山頭，山腳下有閃耀的燈火。

羅盈柔聲道：「你在想什麼？」

石砥中緩緩將視線收回，他搖頭道：「沒有，我沒有想什麼……。」

羅盈微笑道：「我看你似乎沉醉在一個深遠的冥想中，你可是想到什麼不能解決的問題？」

石砥中嘆了一口氣，道：「我也不知為何，腦海中時而浮現被道士追殺的情景，彷彿我在未失去記憶時，是到處被人迫害的人……。」

羅盈緩緩伸出手，握著石砥中的手。

她輕聲道：「我一定要想辦法使你找回失去的記憶，不要再苦想了。」

石砥中只覺手中握著一個柔軟滑膩且又溫暖的東西，他伸開手掌，將她的

纖纖小手納入掌心，然後又合攏起來。

羅盈臉上凝起一個嬌羞的笑容，櫻唇微啟，露出有如編貝的玉齒。

羅盈輕巧地將右手抽回，羞怯地道：「你很壞！」

石砥中輕聲道：「你長得很好看。」

石砥中一愕，道：「我很壞？」

羅盈搖搖頭，嘴角又綻出一朵羞怯的微笑，她輕輕道：「不！你很好！」

石砥中又是一愕，道：「我很好？」

他茫然道：「這是怎麼回事？」

羅盈道：「你不要問好嗎？我也不知道是怎麼回事。」

石砥中呃了一聲，他想了一下，道：「你知道我未失去記憶前是怎樣的一個人？」

羅盈眨了眨眼，愕然望著石砥中，但是很快的，她釋然道：「你是個天下聞名的英雄，你的劍法天下第一，曾經與海外劍派比劍，結果贏得回天劍客的大名。」

石砥中疑惑地道：「回天劍客？」

羅盈肯定地道：「你的劍術很好，一定天下第一。」

石砥中豪放地一笑，道：「下次我一定要試試我的劍術，因為我有一柄

第九章 毒魔神功

「好劍。」

羅盈道：「你只要有一柄好劍，一定可以勝過七絕神君和天龍大帝。」

石砥中詫異地道：「天龍大帝？七絕神君？」

他目光突地凝住，他喃喃道：「我是記得他們，因為我曾經與他們比過劍術。」

羅盈急道：「你想起來了？」

石砥中又想了一下，搖搖頭道：「我又不記得了。」

羅盈吁了口氣，道：「我們趕路吧！」

石砥中道：「不！你告訴我天龍大帝和七絕神君是什麼人？」

羅盈猶疑了一下，道：「你何必問這個呢？」

石砥中道：「你一定要告訴我，因為我一定要知道。」

羅盈道：「我曾聽師伯說過，江湖上有十五個絕頂的高手，超過一切宗派之上，裡面就有你的名字……。」

羅盈心裡湧起一股恐懼的情緒，那碧綠的目光，像兩支小劍深深插入她的心底一樣，使她慌亂地撫著心，說不出話來。

石砥中道：「你說下去。」

他的話裡似是蘊含無限的威力，使人不能反抗。

羅盈依從地道：「江湖上傳言有十五個絕頂高手，依照排列次序是這樣的。」

她定了定神，繼續道：「二帝三君之外，更有回天劍客，錡玉雙星，三島四神通。」

石砥中目中碧光大盛，豪邁地道：「我要勝過二帝三君，一定要超越他們。」

其實他此刻由於真氣逆行，無意中練成了毒門的無上大法「毒魔神功」，較之千毒郎君與金羽君已不遑多讓，與七絕神君也大可一較長短，這等經脈中逆行真氣，大背內功心法的常規，武林中人簡直無人可以想像，唯有毒門邪功，都是走的速成路子，另闢蹊徑，與一般武功不相類同。

千毒郎君苦苦以施韻珠相贈石砥中，就是為了取得還魂果，而能練成這種毒門無上大法的「毒魔神功」。

沒想到他還沒練成，倒是石砥中在幽靈大陣的萬鈞壓力下，迫得倒逆真氣，而無意中練成「毒魔神功」。

雖然這樣一來，由於血液竄入大腦而致喪失記憶，使他不記得自己原先的武功，但是一旦記憶恢復，他將是集正邪絕藝於一身的人了。

他目中碧光大盛，在黑夜中射出老遠。

第九章　毒魔神功

羅盈驚懼地退了兩步，目光不敢逼視石砥中那炯炯的碧光，於是她轉開目光。

「呃——」當她看見地上五個扭曲一團、遍體赤烏的屍體時，毛骨悚然，禁不住發出一聲驚叫。

石砥中聞聲側首，詫異地道：「什麼事使你感到這樣害怕？」

羅盈抬起頭來，已不見石砥中眼中那股碧綠的光芒，她搖頭道：「沒什麼！」

她腦海之中，思潮洶湧，仍然禁不住那股恐懼的感覺停留在心頭。

她暗忖道：「這些人明明是中毒而死，但是我只見他揮掌擊中他們的身上，難道他掌上有毒？或是他練成了這種怪異的毒功？」

她思緒急轉，心底掠過許多問題，繼續忖道：「他昨日並不會這樣的毒功，也不會自眼中發出碧光，莫非他眼中碧光大熾時，就是他要發出那種毒功的先兆不成？」

她思緒如電，但這時卻依然不敢肯定自己的想法確實與否。

石砥中微微一笑，道：「看你這樣子，你在想什麼？」

羅盈搖搖頭，自凝想中醒了過來，她說道：「我們走吧！」

她條然想起羅平所說的中原各派與大內聯手，要將自己的爺爺殺死在中原之事，連忙慌亂地道：「我們快些趕程到西安去。」

她回過頭，卻沒有看到羅平、羅森，只見到兩匹馬靜靜地站立著。

石砥中道：「咦！你那兩個同伴呢？」

羅盈苦笑地搖頭道：「我不知道他們跑到哪裡去了。」

她知道羅平、羅森是害怕石砥中，所以才偷偷溜走的。大敗海外三島島主，使得三島武功幾乎自此滅絕。

石砥中也不在意，僅微微一笑，道：「那麼我們快些上馬，趕到西安去吧！」

羅盈躍身上馬，石砥中在馬上，聞言側首道：「又有什麼事？」

羅盈道：「我爺爺正在西安養傷，等我送傷藥，卻被中原各派合起來欺負，所以希望我們趕去時，你能幫我一下忙，把那些無恥的傢伙趕走。」

石砥中點頭道：「好！我一定會幫你的忙。」

羅盈臉上又綻起笑容，她柔聲道：「謝謝你！」

說完，她一領韁繩，烏騅馬飛馳而去。

石砥中腦海裡留著她那嬌柔的笑容，暗自忖道：「不管如何，我一定要趕走那些混蛋傢伙！」

第九章 毒魔神功

他輕喝一聲,紅馬灑開四蹄,飛奔而去。

淡淡的月色下,兩騎似煙,轉瞬消失在茫茫黑夜裡⋯⋯。

× × ×

蹄印留在雪地上,長長的,直到西安城外,方始停止⋯⋯。

羅盈望著那高聳的城牆,道:「現在該要越牆而過了。」

石砥中抬起頭來,看到那磚石砌成的高牆,道:「你的爺爺就住在城裡面?」

羅盈白了他一眼,但是立即便想到他是已經失去記憶的人。

她苦笑地道:「我爺爺正在城裡養傷,並不是住在這裡。」

她跳下馬,將馬趕到城牆底陰暗處,翻身躍上城牆。

石砥中雙臂一抖,有似夜鳥翔空,躍上城頭。

羅盈指著燈光閃爍的城裡,道:「就在那極北邊的一條小巷裡,本來我們就是怕讓中原武林曉得,誰知還是洩露了行蹤。」

石砥中道:「你們海外劍派怎麼又會跟中原各派有仇呢?」

盈羅道:「現在沒有工夫,等我到了⋯⋯」

她話聲未了，突地一頓，指著前面道：「你看──」

石砥中聞聲循著她手指的方向望去，只見兩條人影有似閃電驚虹，飛掠而來，後面卻跟著五、六個人。

他呃了一聲，道：「那是兩個女人，後面追趕的是三個身穿紅袍的大和尚。」

羅盈緊張地道：「那些可能是藏土的紅衣喇嘛，我們閃開點吧！」

石砥中搖搖頭，道：「不！我要看看他們追上這兩個女人以後要怎樣。」

羅盈焦急地道：「我爺爺行蹤已被中原武林與大內侍衛發現了，不快趕去的話，他們──」

石砥中猶疑了一下，道：「好吧！我們不要管她們，先去看你爺爺去。」

羅盈哼了一聲，道：「你認識那兩個女人？」

石砥中苦笑了一下，道：「我怎會認識呢？」

羅盈一拉他的手，道：「走！我們往這邊走！」

石砥中正要跟著羅盈朝右邊繞過去，突然只聞那幾個紅衣大和尚暴喝一聲，大袍掀動，有如脅生雙翼，橫空飛撲而至。

那兩個女人已經距離城牆不及六尺，一聽身後風聲急嘯，互一擊掌，分了

第九章　毒魔神功

開來，自左右繞行奔躍，撲上城牆。

這時那追在紅衣大和尚身後的一個白面老者長髯飄動，身上大袍一陣翻動，有似急矢射出，躍起四丈。

他大喝一聲，雙手一抖，左手金光閃閃，右手銀虹爍爍，分成兩個方向往這兩個女人射到。

那奔向這邊的少女，正好躍上城牆，卻突地望見石砥中和羅盈站在牆頭上。她身形一晃，驚喜地喊道：「石砥中，是你──」

話聲未了，銀虹數道，已如電射到。

石砥中心頭一震，未及思索，弓身彈起，身如疾矢，迎上剛射到的幾點銀光。他駢指揮掌，抖動之際，兩個銀色小環已掛在掌上。

他飄身落在地上，卻已見那少女欣喜地撲了過來，道：「你怎麼到了這裡！」

石砥中一愕，道：「姑娘，你是誰？我⋯⋯。」

那少女幽怨地道：「幾個月不見，你倒不記得我了，我是上官婉兒呀！」

石砥中皺眉道：「上官婉兒？」

上官婉兒噘嘴道：「我們在崑崙玉柱峰上見過面，那時你正與七絕神君比武。」

石砥中詫道：「七絕神君與我比武？」

說話之際，那向另一方躍去的中年婦人大喝道：「婉兒，你怎麼啦！快走！」

上官婉兒應聲道：「娘！石砥中在這裡！」

她的話在黑夜裡傳了開去，上官夫人驚詫地呃了一聲，往這邊躍了過來。

那發出銀雙環的白面長髯老者，顯然也是一驚。

他身形一頓，大喝道：「三位大師，回天劍客石砥中到了此地！」

那三個長眉白髯紅衣喇嘛大笑一聲，身形在空中一折，往石砥中這邊躍來。

上官夫人心神一定，道：「賢侄，你怎麼也到西安城？這一向可好？」

石砥中實在記不起這個頭插碧玉簪、身穿灰裳的中年婦人是誰，他含糊地應了一聲。

上官婉兒冷哼一聲，道：「娘！人家現在成了江湖絕頂高手，瞧不起我們了！」

上官夫人一見站在石砥中身旁的羅盈，心中便已料到幾分，她微笑道：「婉兒，你老是念著石哥哥，怎麼現在見到他，倒使起小性子來了？」

石砥中微皺雙眉，胸中似乎有一點印象，但是細細一想卻又想不出來。

他知道這兩個女人一定認識自己的，所以他苦笑地道：「兩位近日可好？」

上官夫人秀眉一蹙，忖道：「他怎麼說出這等話來⋯⋯。」

那三個喇嘛身形一落，衝著石砥中打了個哈哈，道：「好小子，現在該不能逃走了吧！乖乖把小命拿出來，償還我那死去徒兒的性命！」

石砥中還沒摸清怎麼回事，上官夫人已一拉他的大袖，道：「賢侄，這是大內供奉的白塔大師他的三個徒弟，龍、虎、豹三僧⋯⋯。」

龍僧怒喝一聲，道：「好個婆娘，竟然趁佛爺運功之際，偷去那金戈之寶，馬上交出則罷，否則也要一併處死你。」

石砥中茫然望著這三個和尚與兩個女人間的糾紛，他也記不起金戈玉戟之事。

羅盈在旁一直盯著上官婉兒，心裡禁不住酸溜溜的不好受。

她趁那三個喇嘛與上官夫人對話之際，一拉石砥中的衣襟，低聲道：「你別理他們，還是趕快救我爺爺要緊⋯⋯。」

上官婉兒一皺鼻子，道：「你是什麼人？」

羅盈冷哼一聲，道：「你又是什麼人？」

上官婉兒大怒，正待反唇相駁，卻聽到奪命雙環怒喝一聲，道：「上官夫人，我申屠雷可與你無仇，你為何趁我除去海外劍派之際，將我金戈盜去？莫

非你仗著七絕神君柴倫的勢力，怪不得上官夢要去當和尚。」

上官夫人臉孔一紅，叱道：「放你的狗屁，姓申屠的，別看你穿上衣服還像個人樣！我可沒把你放在眼裡！哼！你以為與海心山幽靈大帝和藏土庫軍老禿驢拉上關係便可如此猖狂，我照樣可以要你的命！」

那三個喇嘛齊都怪叫了一聲。

龍僧吼道：「臭婆娘，敢對我們活佛不敬，佛爺我要你的命！」

他話聲未了，進步撩袖，單掌急拍而來。

急銳的勁風，飛旋迴激，他那拍出的手掌倏然漲大發紫。

上官夫人身如柳絮，在狂勁的掌風下飄了起來。

她笑道：「密宗『大手印』有何了不起？」

虎僧和豹僧都大吼一聲，飛掌拍出。

上官夫人笑容一斂，左手一揮，劍光繚繞迴身，顫出千絲萬芒，往身外削去。

她左手劍刃劃出之際，右手掌勢連續，密接如環，連拍六掌。

掌影片片在瀰瀰劍芒下，飛射而出，將她全身護住。

「噗！噗！噗！」人影分開，上官夫人微微喘了口氣，已飄身落在上官婉兒身邊。

第九章　毒魔神功

那三個喇嘛僧也都臉色微紅地站立著。

奪命雙環申屠雷臉色微變，道：「上官夫人好純的功力，真是真人不露相，想不到現在竟能視見當日劍掌雙絕上官夢的絕招……。」

他頓了一下，道：「不過夫人，你的衣衫好像縫製得不太好！」

石砥中知道申屠雷所指的是上官夫人被那三個喇嘛以掌力將上身衣衫震得破碎成片，露出裡面緊身的衣衫。

他冷哼了一聲，道：「三個和尚欺負一個女人，尚有何榮耀可言？」

申屠雷陰陰一笑，望了望身後的武當掌門逸塵大師和點蒼掌門孤天一劍何一凡，道：「這就是崑崙後起之秀，名滿江湖的回天劍客。」

他陰陰一笑，道：「姓石的，上次有天龍大帝的女兒東方萍幫你的忙，讓你逃走，今夜，嘿嘿！」

石砥中心頭一震，那天龍大帝的女兒東方萍這幾個字，有似巨石般落在他心湖。他只覺東方萍這三個字好熟悉，熟悉得像他自己一樣，但也陌生得好似他自己一樣的不可解。

申屠雷仗著身外有人，故而對這近日崛起江湖、名震天下的石砥中臉上，還以為自己的話將他震住了。

言，此刻他看到石砥中臉上那種茫然之色，羅盈有如幽靈似的自石砥中身後走出。

她雙眼盯住申屠雷，道：「你剛才說除去海外劍派是怎麼回事？」

申屠雷一愣，狂笑道：「女娃兒，你說是怎麼回事？」

羅盈冷冷道：「你說的可是羅公島主羅公鼎？他怎麼啦！」

申屠雷道：「他已經被幽靈大帝手下九大巡查使，會同本大人聯手殺死！」

羅盈驚訝道：「一個都不留？」

申屠雷笑道：「一個都不留！全都宰了！」

他笑聲一頓，問道：「你問這個幹嘛？」

羅盈慘笑一聲，道：「我要你的命！」

她身形一晃，雙掌一分，奮不顧身地攻去。

申屠雷不及提防，頓時被逼退三步。

他勃然大怒，豎掌劈出，掌勁一發，頓時將羅盈身形逼住。

羅盈身形一長，不理自己身上會被對方擊來的掌風掃到，拚命似的拍掌揮指攻將過去，指掌所及全是對方要害。

他身如電掣，欺身站在申屠雷面前，左掌一帶，將羅盈拉到自己身後，右掌迎向申屠雷拍去。

石砥中大喝一聲，道：「羅盈！不可這樣！」

「啪——」一聲脆響，他上身搖晃了一下，退後一步。

第九章 毒魔神功

申屠雷也受不了那急勁的力道，退後兩步方始立住身子。

這下優劣立分，他發掌之際，運足了真氣，而石砥中卻僅於匆忙中飛身迎上，還要分神救人，但他還是多退了一步。

他臉色一紅，自袖底抄出兩個巨環，「鏘！」的一聲，互一碰擊，迸出兩點火花，在淡淡的月色下閃過。

羅盈大叫一聲，掙脫石砥中的手，朝城下飛奔而去。

申屠雷朝身後點蒼掌門孤天一劍何一凡嚷一下嘴，道：「去把那妞兒擒來！」

石砥中大喝一聲，身形移處已截住孤天一劍何一凡的去路。

何一凡臉色大變，退步揮手。

「鏘！」的一聲，一溜劍光直奔石砥中胸前「鎖心穴」。

石砥中冷哼一聲，大袖一揮，朝劍上捲來。

何一凡身子一側，劍走輕靈，自偏鋒削出一劍，滑溜地朝石砥中脅下切到。

石砥中身子隨著對方劍尖滴溜溜的一轉，大袖已捲住對方長劍。

他一抖袖子，喝道：「放手！」

何一凡立椿坐馬，一沉手腕，長劍一顫卻沒有出手。

石砥中冷哼一聲，袖中兩指條伸而出，敲在劍刃當中。

「噹！」的一聲，長劍折斷為二。

石砥中一個旋身，肘槌一發，「噗！」的一聲，正好撞在何一凡脅下。

何一凡呃了一聲，已被撞得身形飛起空中。

龍僧大袖一撩，將何一凡接住身放在地上。

他大喝道：「小子！待佛爺教訓教訓你——」

虎僧、豹僧齊都一躍而上，將石砥中圍住。

石砥中悲壯地一嘯，兩眼如寒芒暴射，凝注在那三個喇嘛身上，剎那之間碧光大盛，直逼心底——

龍僧只見石砥中寒芒條地幻變成碧光，

他心中泛起一絲恐怖，不由自主地退後一步。

虎僧也駭得退後一步。

豹僧倒吁一口涼氣，同樣地退後了一步。

那兩道碧光如電，在黑夜裡閃爍著懾人的神光……

第十章 碧眼尊者

他這種駭人的怪異行動，使得每一個人都自心底湧起一絲寒意。

那自眼中射出的碧綠神光，愈來愈亮，直似兩道碧劍戳人心靈。

上官婉兒臉色微變，緊緊依著上官夫人，她輕輕道：「娘！他眼中神芒如電，真個駭人，這是什麼道理，目光會變為碧綠……？」

上官夫人輕聲道：「為娘的活到這麼大年紀，可也從未見過這等怪異的情形，不知他這是一種什麼功夫。」

「邪門！」

申屠雷本待揮動手中雙環而上，見到石砥中那種怪異的目光，也不由得猶疑了一下。

他自言自語道：「真是邪門！」

龍僧單掌舉起，緩緩提高，身形往右邊走。

虎僧也是提掌護胸，緩緩移動身形。

豹僧以同樣的速度，也自左向右，移動著腳步。

他們已經收斂當初那種狂妄的樣子，臉色嚴肅地提氣回行。

顯然，他們深知這種怪異的景象下，必有一種怪異的武功支掌著對方。

他們一點都不敢大意，全神凝注在石砥中身上，卻又不敢與他那碧綠的目光相觸。

石砥中全身真氣逆行，頓時有似充滿了氣的氣球，像那漸漸膨脹的氣球一樣，急需尋找發洩之處。

自他心底湧起一股濃郁的殺氣。

他煞意愈濃，眼中碧光愈熾。

陡然之間，他清嘯一聲，騰身而起。

龍僧大吼一聲，單掌一揮，一股氣柱擊出。

他那揚在空中的手掌立時變為紫色，漲大了有一倍……

虎僧遊走的身形一窒，也是一記密宗「大手印」揮出。

豹僧微挫身形，也是沉身運功，一掌拍出。

他們三道氣勁擊出雖有先後之分，但力道運行卻是像銜接的巨環一樣，頓

第十章　碧眼尊者

時三股氣柱匯合起來。

有如山嶽崩裂，江河倒瀉，剛強猛絕的氣勁，挾著熔金爍石的威力逼至。

石砥中身在空中，倒踢雙足，陡然之間，連劈三掌。

「砰！砰！砰！」

氣勁飛旋，窒人氣息，三聲暴雷似的巨響。

石砥中身形飛在空中，又升高了七尺。

那三個喇嘛齊都悶哼一聲，雙足陷入泥磚之中，身形不停搖晃。

申屠雷一看情形不妙，忙問道：「大師，你們……？」

龍僧痛苦地舉起手掌，只見上面一道烏黑痕印發出黯淡的光彩。

申屠雷臉色大變，他將左手飛環交與右手，單掌一揮，六道銀光急射而出，射向石砥中而去。

他手掌一翻，又是六道金光疾射而出。

「嗡——」

環孔破空射去，風自孔中穿過，發出一聲輕響。

石砥中一抖雙臂，有如大鳥，倏然又升高二尺。

十二點寒芒織成一面光網兜將上去，將石砥中身形圈住。

這一手十二飛環齊發之技，是申屠雷仗以成名的絕技，也就是被稱為「雙

環奪命」的來由，厲害無比。

上官夫人驚叫一聲，身形一穿，劍刃疾劃，射向申屠雷。

正當此時，那三個喇嘛卻大吼一聲，左掌一翻，往上官夫人身上擊去。

上官夫人劍尖顫動，已連削六劍，前三劍後三劍，同時往申屠雷與自身後合擊的三個喇嘛攻到。

她這一手以攻為守，的確是劍家名手，狠辣輕靈，詭異神妙，兼而有之。

申屠雷雙環一分，連出兩招，沉猛的鋼環往劍刃上砸去，卻以環中齒輪將長劍鎖住。

他們於一個剎那間，已互相攻出八招之多。

劍影飄忽，環聲響亮，掌影繽紛，都分不清各人的身形了。

陡然──

滿空灑下一陣網雨，石砥中狂笑一聲，自空中急掠而下。

申屠雷渾身一顫，已看到自己發出的十二道飛環，都被石砥中擊破，裂為兩半。

五道人影一分，齊都急閃開去。

「啊──」

龍僧頭顱碎裂，一跤跌仆地上。

第十章 碧眼尊者

石砥中身形一側，右掌回空一折，又連拍出兩掌。

虎僧身子還未立定，鐵掌已經擊到。

他還想要運掌反擊，但是那擊到的鐵掌已經印在他的胸前。

他慘叫一聲，身子倒飛開去，跌下城去。

豹僧一個錯愕，那如電的鐵掌已經悄無聲息地攻到。

「呃——」

他臉上泛起恐懼的神色，未及抵抗，便已中掌死去。

這三個喇嘛不到一眨眼功夫便全都死去，石砥中這種神秘駭異的功夫，使得在場的每一個人都悚然大凜。

石砥中緩緩地回過身來，冷冷地盯在那兩道士身上。

孤天一劍何一凡目光一觸到對方碧綠的神光，駭得倒吸一口涼氣。

他剛才出劍折劍，僅不過兩招而已，便已落敗。

一個中原劍派的掌門，在回天劍客手下，連三招都走不過，這真使他洩氣。

他撫著剛才差點被撞斷的肋骨，心底便升起一股寒意。

石砥中沉聲道：「我最討厭道士！你們快點滾開去！」

武當掌門玄一道人臉色大變，望了望駭異的何一凡，打了個稽首，道：

「無量壽佛，大俠為何要與道門作對？尚請……。」

石砥中雙眉一揚，道：「臭雜毛，你只要再多說一句，我就立刻殺死你！」

玄一道人渾身一顫，怒道：「貧道一死並不足惜，但請大俠告知為何要與道門作對？」

石砥中冷哼了一聲，怒道：「據我記憶所及，道士一直在追殺我，使我喘不過氣來……。」

他兩眼中碧光流載，道：「我全身都是鮮血，仍自不能脫開道士的圍攻，所以我恨道士。」

玄一道人駭然道：「大俠神功蓋世，怎會有道門中人敢圍攻於你？」

他煩躁地道：「不要說了！快滾開！」

玄一道人氣得渾身發抖，他揚聲怒道：「貧道玄一忝為武當掌門，可是從未受人如此侮辱過，小輩！你身為崑崙弟子，卻專與中原武林為敵，崑崙掌門本無大師難道沒有……。」

石砥中大喝道：「住口！」

他雙眉之間煞意聚合，眼中漸淡的碧光又陡然大熾。

「你再多說一句，我便將天下道人全都殺了！」

第十章　碧眼尊者

玄一道人倒退一步，卻不敢再多說一句話，他知道現在石砥中一身怪異的功夫，足可令天下道門染血遍地，而無人能夠抵擋。

上官夫人臉色一變，忖道：「他這就與當日柴倫一樣，要殺盡天下佛門子弟！但是他又是為什麼呢？」

上官婉兒駭得臉色都變了，她輕聲道：「娘！他怎麼與以前完全兩樣？好像已經喪失了人性。」

上官夫人心中一動，忖道：「嗯！婉兒說的有道理，他的樣子雖然沒變，但是整個人卻好像換了另一個人一樣，全身散發著令人驚顫的神秘氣氛，尤其他那種功夫完全不是崑崙佛門功夫⋯⋯。」

她又看到石砥中目中發射的碧光，不由得忖道：「而且最奇怪的是他那目中射出的碧光，真是邪門，好像能刺中人的心一樣。」

她在詫異地忖思之際，申屠雷沉聲道：「石砥中，你這話太狂妄了一點吧！」

石砥中陰沉地一笑，道：「你這混蛋傢伙，竟帶人殺死羅盈的爺爺。」

他往前行了一步，怒喝道：「我也要殺死你！」

申屠雷被對方威勢所懾，不由自主地倒退了一步。

他目光一移，卻看到那中掌死去的豹僧身上，頓時他脫口道：「中毒！他

上官夫人聞聲一看，只見那兩具屍體全身泛黑，扭曲成一團⋯⋯。

她只覺全身汗毛倒豎，驚忖道：「不知他何時又練成這種歹毒的功夫，怪不得他雙眼會變為碧綠。」

申屠雷心底寒意升起，他握緊手中雙環，強自挺立著。

驀然──

「他們是中毒而死──」

石砥中冷冷地道：「幽靈宮巡查九使來了！」

申屠雷一看，大喜道：「任誰來了，也救不了你的命！」

他身形一晃，往申屠雷撲去。

申屠雷大嘯一聲，雙環一抖，疾攻出六環。

那九條人影已經躍近，風聲一響，齊都躍上城牆。

石砥中冷哼一聲，雙掌一分，迅捷如電地一抓，已將對方雙環抓住。

他大喝道：「放手！」

「哼！」申屠雷腳下挺立如同木樁，雙環緊握沒有脫手。

石砥中眼中碧光湧現，他嘿地一聲，吐氣開聲，鋼環鏘的一聲從中折斷。

申屠雷虎口裂開，那一半鋼環也已抓不住了，落在地上。

第十章 碧眼尊者

那九個來自幽靈宮的巡查使一齊大驚,圍了上來。

石砥中發出一聲長嘯,嘯聲迴盪開去⋯⋯。

驀地——

遠處響起一聲長嘯,幾條人影倏然現身於屋宇的陰影處,飛奔而來。

黑夜中,傳來一聲高喝,道:

「長天一點碧——」

接著又有一聲高喝,道:

「萬毒滿天地——」

「碧眼尊者勿驚,毒門弟子來了!」

「碧眼尊者?」上官夫人驚叫著。

石砥中也愕然道:「誰是碧眼尊者?」

第十一章 毒門五聖

那一幫人來得詭異，隨著呼喝之聲，轉眼便距城牆不足七尺。

黑夜之中，呼喚「碧眼尊者」的聲音傳出老遠，每個人都可清晰地聽到。

石砥中愕然道：「碧眼尊者？誰是碧眼尊者？」

申屠雷愕然望著石砥中，暗忖道：「他何時又成了碧眼尊者？」

點蒼掌門何一凡臉色大變，對申屠雷道：「這毒門弟子遍布雲南，不知何時竟來到中原，侍衛長，他們毒功厲害，我們還須伺機而行。」

申屠雷輕聲道：「這個自有幽靈宮巡查使對付，但是你可知道那碧眼尊者之事，究竟是如何？」

何一凡駭然道：「據我師父相告，碧眼尊者為毒門中傑出人才，五十年前身居毒門掌門人時失蹤，後來毒門分為南北兩宗，千毒郎君丁一平就是他的

第十一章 毒門五聖

徒孫。」

申屠雷哦了一聲，道：「那麼他若活在世上，該已經有八十歲了，這石砥中何時又獲得他傳授的毒功？」

他們說話之聲極小極快，但是石砥中卻統統聽到了，他心裡泛起一陣疑雲。

他暗忖道：「據羅盈說的，我是回天劍客，何時又成了碧眼尊者之徒？」

他心中意念電轉，卻依然想不出自己何時得到碧眼尊者的傳授。

但是他卻想到自己每當發怒之際，心裡都會湧現濃郁的殺意，硬是想將面對的人殺死方休。

他驚忖道：「當這種殺意湧上心頭，莫非我兩眼會變成碧綠不成。」

就在他忖思之際，那躍來的五條人影已經現身城牆。

在淡淡的月光下，他們都是頷下白髯飄飄，看來都有五、六十歲的年紀，每個人相同的都是臉形瘦削，兩眼深陷，十指發烏。

他們一躍上城牆，略一顧盼，但看到石砥中眼中閃爍的碧光，齊都一怔，互相之間面面相覷。

那當中一個老者朝石砥中躬身抱拳，道：「請問少俠，尊者可曾來到西安城？」

石砥中輕皺眉頭，道：「你是何人？」

那老者臉色微變，道：「老朽乃毒門五聖天蜈顧通，請問少俠，尊者是否還健在人世？」

石砥中沉吟了一下，搖了搖頭。

天蜈顧通聲音一沉，道：「尊者可曾留下什麼遺囑嗎？」

石砥中搖了搖頭，道：「我不記得了！」

天蜈顧通臉色一變，道：「他老人家可曾提及我們五人沒有？」

石砥中問道：「他們是誰？」

天蜈哼了一聲，道：「我不信尊者會不記得我們五人……。」

另一個白鬍老者道：「師兄，尊者失蹤也五十年，這小子莫非……。」

天蜈叱道：「師弟，你莫非忘了尊者臨走前的囑咐？」

他對石砥中道：「尊者走後，本門分裂為二，我們五兄弟走遍江湖也未見得尊者，後來發現尊者留下之手笈，乃未再繼續尋找，而專心苦練本門無上大法。」

他側首喝道：「參見少俠！」

剛才那說話的老者首先說道：

「天蛛洪鍊參見少俠。」

第十一章 毒門五聖

「天蟆鄭鑫參見少俠。」

「天蛇劉龍參見少俠。」

「天蠍孫錚參見少俠。」

石砥中茫然點了點頭，突地天蠍兩個字跳進他的腦海，記憶的網路一陣抖動，他脫口道：「天蠍？我記得天蠍──」

天蠍孫錚大喜道：「尊者可曾提到我？」

石砥中腦海掠過許多影子，但是那曾經閃過腦海的印象轉瞬間又趨於空白。

他茫然搖搖頭道：「我不記得了。」

天蠍望了一眼天蜈顧通，道：「大哥，我看他一定是被這些小子逼得失去記憶。」

他雙眼一瞪，大喝道：「你們這些小輩竟敢圍攻本門掌門人，今晚全都不要走，留下命來。」

申屠雷冷哼一聲，道：「你們裝神弄鬼弄了半天，敢情還能想到本人在此，嘿！你等還沒有見到在你們身後的是誰？」

天蠍孫錚翻身一看，只見不知何時，那幾個大漢已經布起一個大陣，將自己五人圍住！」

那手持雙斧的虯髯大漢獰笑一聲，道：「臭老頭子，今日要你們見見幽靈一脈的絕技！」

天蜈顧通臉色陰沉地道：「你們就是來自青海海心山幽靈宮的？」

那虯髯大漢狂笑道：「大爺裂山斧洪仲正是幽露宮九大巡查之首。」

天蜈顧通陰冷冷地一笑，道：「老二，你說說當年三上海心山之事。」

天蠍孫錚瞥了洪仲一眼，然後肅容道：「碧眼尊者於七十年前仲夏之際三上海心山，與幽靈宮主西門林大戰千合，全身而退，震驚天下武林，自此創立我毒門於苗疆瀾江畔……。」

裂山斧洪仲微微一愕，他可從沒聽說過毒門碧眼尊者曾三上海心山之事，不過那當今名震天下的幽靈大帝西門熊之父，正是天蠍所提的西門林。

他怔了一下，隨即臉色恢復如常，微微一哂，道：「臭老頭子，七十年前之事已經臭得發霉了，你還搬出來，也不怕霉氣熏人？」

他目光一轉，又道：「而你也頂多不過六十歲，還安言什麼七十年前之事。」

毒門五聖臉色都是一變，眼中射出狠毒的目光，炯炯凝視著裂山斧洪鐘。

天蛛洪鍊冷笑道：「我們已經活了七十多年，還沒見過有誰敢如此對毒門五聖說話的，老朽念你是我洪家子孫，你自裁算了吧！」

第十一章　毒門五聖

裂山斧洪仲原先被那冷颯寒芒罩射得心裡忐忑，這下一聽天蛛洪鍊出言諷刺，還要自己自裁，他勃然大怒，疾翻大斧，怒吼道：「上！」

那其他八個大漢身形一動，頓時圍攻上來。

天蜈顧通大喝一聲：「殺！」

他身形騰空掠起，四肢劃動，滿空盡是他舞動的四肢，有似百足蜈蚣，挾著風聲飛掠過去。

天蛛十指箕張，身形起處，宛如一隻大蜘蛛從蒼穹的一角牽著一根游絲，橫空撲向裂山斧洪仲而去。

他去勢如電，十指烏黑帶著一股腥風撲下，駭人無比。

洪仲雙斧揚起，翻起一片波浪的金風，雄渾的斧風有如鐵板布起，那犀利的斧刃迅捷地劈向洪鍊躍下的身子。

天蛛洪鍊陰惻惻地一笑，上身一斜，雙足條然往兩旁一踢！

足尖突起，已奇詭無比地踢中了洪仲劈到的雙斧。

「嘿！」洪仲手腕一震，大斧盪了開去，不由自主驚嚇地叫了一聲。

天蛛洪鍊大喝道：「拿命來！」

他上身一俯，十指一彈，陡然之間，指上蓄著的指甲齊都由捲曲變為伸直。

夜空中有似閃過十柄長兩寸的短劍，天蛛洪鍊伸直的指甲，劃過天際，插入洪仲的胸前。

「啊——」一聲慘叫，洪仲臉上肌肉一陣抽搐，雙手顫抖地捧住胸口。

「哈哈哈哈！」天蛛洪鍊放聲狂笑，十指一彈，洪仲仰天便倒，胸前血水一片。

「喀！」的一聲怪叫，有似蛤蟆對空吐氣，雙掌一翻一抖，拍出一道腥風，這股旋激的勁風沉悶無比，有似夏日的鬱雷。

轟然一聲，已將那手持雙鉞的大漢擊得慘嗥一聲，飛出兩丈摔下城去。

天蛛鄭鑫仰天怪叫一聲，身邊風聲疾響，一個大漢已自空墜下。

他「喀」的一聲，雙掌一推，又是一陣沉鬱的勁風擊出。

那個大漢吭都沒吭，身軀破裂，灑得滿空血水，摔出城去。

天蛇劉龍叫道：「老三，他已被我『金蛇』咬死，你還多賞他一掌幹嘛？」

天蛛正待答話，已聽見天蜈大喝一聲，身形起處，又是一個大漢死於非命。

天蜈顧通深吸口報，喝道：「老五！怎麼啦！」

天蠍孫錚應了一聲，道：「我在逗他玩玩！」

第十一章 毒門五聖

他狂笑一聲，臉色驟然一譜，濃郁的煞意聚於眉宇。

立即聽他大喝道：「看我的『天蠍螫』！」

喝聲了，他身如陀螺急旋，一足自身後踢出。

「噗！」的一聲，他這奇詭的一腿已落在那持戟的大漢胸前「分水穴」上。

一聲慘叫，那大漢噴出一口鮮血，臉色轉青，栽倒於地。

這些動作僅是剎那之間，有如樹枝一陣顫動，八片樹葉落於地上一樣，那九個大漢中的八人都死於毒門五聖的奇功異技之下。

那剩餘的一人僅隨著陣式轉動了兩匝，便已見其他八人都死於非命。

他略一發怔，一仰身，手中雙鉤一拉，倒翻下城，飛躍而去。

天蛇劉龍陰惻惻地一笑，沉聲喝道：「留下命來！」

他手腕一抖，一道金色的光線掠空閃去。

「咻——」有如細笛吹著，一縷尖銳的聲音響起。

那大漢金光迅捷如電地向奔跑中的大漢背後追去。

那大漢已奔出十丈開外，一聽身後急銳的聲響，趕忙回過頭來。

他頭才一回過來，立即發出一聲驚叫，手中雙鉤撩劃而出。

兩道弧光封閉而起，立即便將他身形護住。

但是那道金色光線在空中陡然一頓，曲彈而起，越過那兩道弧光，往下射去。

陡然一聲慘叫傳來，那大漢一拋手中雙鉤，雙手扼著自己的脖子，倒臥地上。

他似是非常痛苦，不停地在地上翻來滾去，發出淒絕的慘叫。

在黑夜之中，這種叫聲使人聽了毛骨悚然，心神發顫。

天蛇劉龍哈哈一笑，嘬唇一呼，那隱沒於黑暗的金線又倏然出現。

有似乘風而發，那金線曲行於空中，轉眼便來到面前。

申屠雷原先想依靠幽靈帝的九大巡查，誰知在毒門五聖的手下，竟然僅一個片刻便都遭逢到死亡的命運。

他眼見這等駭然的情形，臉色如土，心裡驚駭不已，這下他又看見天蛇劉龍所拋出的那道金色的光線如同活物似的御空而行。

他倒吁一口涼氣，抬頭一看，已見到一條全身金黃、脅生一雙薄翼的金蛇，正伸著細狹的舌頭，落在劉龍伸在空中的手上。

天蛇劉龍嘿嘿笑道：「乖乖，進去吧！」

那條金蛇遊行於他的手臂，自袖口鑽了進去。

第十一章　毒門五聖

這種奇詭駭人的情形，使得在場的每一個人都心神驚顫。

天蜈顧通目光一轉，陰沉沉地瞪著奪命雙環申屠雷及點蒼掌門何一凡和武當掌門玄一真人的臉上。

他冷哼一聲，道：「你們竟借著人多勢眾，圍攻本門掌座，豈非嫌命太長了？」

他十指一伸，那捲曲於指尖的長約四寸餘的指甲條然一彈，根根豎立如劍。

天蜈顧通咧開大嘴，頷下長髯一陣拂動，沉聲道：「你們自裁算了，否則劇毒攻心之罪，要你們流盡體內最後一滴血為止。」

他目中精光暴射，微一頓身，遊目一盼，指著上官夫人道：「還有你們兩個，也一併自裁！」

上官婉兒駭得臉色一變，趕緊靠在她母親的身後。

上官夫人冷噬一聲，道：「你們這幾個邪魔歪道，竟也如此狂妄！」

她眼中射出犀利的目光，自毒門五聖移至石砥中身上。

石砥中自毒門五聖代他除去那來自幽靈宮的九大巡查時，整個心靈便沉湎在找尋回憶之中。

他茫然站立著，置身外之事於不聞不問，自己盡在喃喃低語著。

他時而仰首觀天，時而負手望著腳下，心中沉思那偶而出現於腦中的一絲淡淡的印象。

石砥中記得自己以前曾經和奪命雙環相識，曾經也是在同樣的黑夜，遇見許多人圍在身旁，但是那時，他身邊曾經有一個非常親近的人……

他低頭喃喃道：「那到底是誰？那到底是誰？」

腦海之中突然掠過一個窈窕的身影，那披散的長髮隨著姍姍而去之姿，而輕緩地擺動……

「萍萍……。」他脫口叫了出來。

突地，上官夫人喝叱道：「石砥中——」

他心神一震，那姍姍而去的身影，立即像輕煙似的逸去，腦海頓時又成為空白。

他飛快抬起頭來，只見那中年婦人娥眉倒豎、臉色凝重地站立在那兒，而那五個老頭子則散立在四旁，將她團團圍住。

他愕然道：「什麼事？」

上官夫人見到石砥中一臉茫然。

在淡淡的曙光下，那挺秀的鼻子和斜飛的劍眉，構成了英俊而鮮明的輪廓，而那兩點明亮的眸光，正似夜空的寒星一樣……。

第十一章　毒門五聖

陡然之間，她神情一震，竟然說不出話來。

上官婉兒幽怨地望著石砥中，她柔聲道：「你怎麼啦？石砥中……。」

石砥中搖頭道：「我沒怎樣啊！」

上官夫人嘆了一口氣，道：「石砥中，你身為崑崙弟子，何時又成了毒門掌門？你要知道江湖之中險惡無比，而你現在……。」

天蜈顧通陰冷地道：「你再多說一句，我要你五毒齊發，摧心斷肝。」

石砥中雙眉斜軒，沉聲喝道：「住口！」

天蜈顧通聞聲一怔，愕然望著石砥中。

石砥中揮了揮手，道：「讓她說下去！」

上官夫人輕輕地嘆了一口氣，道：「崑崙派為武林九大門派之一，你終有成為掌門之日，何必自甘低賤，與邪門歪道相來往？」

她望了豎眉瞪眼的毒門五聖一眼，道：「好了！我也不多說了，願你自己能夠有所抉擇！」

上官婉兒一拉她母親的衣袖，輕聲道：「娘！他好像與以前不同，似乎變成另外一個人，你要救救他。」

上官夫人搖搖頭，道：「我們準備進行之事，已經勢在必行，沒有功夫再多管閒事了！」

正當她說話之際，天蜈大喝道：「往哪裡去！」

他四肢一展，勢如奔電地朝飛奔而去的奪命雙環申屠雷而去。

天蟆也狂笑一聲，道：「雜毛小道，別跑走！」

他橫身一斜，有如一個皮球樣地滾了過去，將玄一真人攔住。

點蒼掌門人孤天一劍何一凡見到申屠雷與玄一折行而逃，他也知道眼前這五個老者身具邪門毒功，不能以人力相敵，而且又有回天劍客石砥中在此，益發不是對手。

所以他眼見申屠雷連招呼也不打一個，便飛奔而去，心裡一動，也折身往西邊飛奔而去。

誰知他身形方動，還沒躍出三丈，天蛇劉龍已冷哼一聲，一抖大袖，追了過來。

他躍身空中，身後風聲急響，突然身形一晃，斜穿而出，朝北邊奔去。

天蛇劉龍狂笑一聲，喝道：「你還想跑？」

他一揮袖袍，翻掌向天，一點金光已出現在他掌心之上。

他身形一落，單掌急揮，一線金光已激射而出！

那條金蛇去勢如電，瞬息之間已距何一凡頭上不足四尺。

何一凡聽頭上怪聲急嘯，心神一亂，忙一回頭，已見到那條金蛇展開細薄

第十一章　毒門五聖

的雙翼，疾射而至。

他剛才親眼見到這金蛇之毒，驚駭之下，趕忙沉身墜落地上。

腳步一穩，他仰身出掌，連劈三掌，朝金蛇劈去。

洶湧的掌風激起迴旋的氣勁，一個個氣渦四外激旋。

金蛇一彈一曲，有如一支金劍，穿過那飛捲的掌風，毫無停滯地向何一凡噬去。

何一凡上身移開兩尺，大喝一聲，袖袍翻起，有如一面鐵板拍出，迎著金蛇拍將過去。

金蛇靈巧無比，順著拍來的大袖攀緣而上，他仰身一滾，慌亂地伸手抓去。

眼見金蛇就將要咬到他的手掌，而蘊藏的劇毒也將灌進他的體內。

突地在這間不容髮的剎那，一隻手掌悄無聲息地伸來，一把將那條金蛇扣住。

金蛇身軀一扭，火紅的舌尖一吐，犀利尖銳的大牙立即咬向那伸來的手背上。

「呃——」

石砥中似是沒想到那金蛇身軀如此滑溜，一把沒有扣住，竟然手背上被金

蛇咬住。

他手背微微一麻，左手一翻，兩指一挾，已將那條金蛇捏住。

當他看到石砥中手背被金蛇噬住的情景，不由打了個冷顫。幾乎不相信石砥中竟能毫無所謂地任憑如此劇毒的金蛇在手背上噬了一下。

孤天一劍何一凡神魂未定，一下滾出七尺之外，方始站了起來。

石砥中沉聲道：「你走吧！這次饒你一命！」

何一凡驚魂稍定，話都沒說一句，返身便走。

何一凡臉色一變，緩緩地回過頭來。

石砥中雙眉斜軒，道：「下次若是再碰到你，我可要你的命！」

何一凡眼中閃過狠毒的目光，返身飛躍而走。

石砥中目光掠過，看到顧通似有百足之蜈，已將申屠雷身形罩住，眼見他一施殺招，申屠雷便將傷於掌下。

一股衝動而怪異的念頭掠過腦際，他喝道：「放他走吧！」

顧通身形一窒，沒有立即撲下。

申屠雷何等聰明，趁著這一線空隙，大喝一聲，雙掌齊揚，四枚金環和四枚銀環走著弧形射向顧通而去。

第十一章　毒門五聖

急嘯聲裡八環齊飛，將顧通全身都罩住。

天蜈顧通怒喝一聲，身子一縮一彈，在空中連翻七個滾，方始逃開這似網的鋼環。

申屠雷一揚手，四枚金環射出，他翻身一移，左手疾揚，又是四枚銀環射出。

「叮！」八環呼應，奇詭地拐著大弧射向躍身空中的天蜈顧通，眼見不能脫身。

天蛇劉龍和天蠍孫錚大喝一聲，飛躍而去。

石砥中心大怒，氣血一衝，腦中靈光突現。

他平掌回繞一匝，一揚臂，一蓬金羽飛出。

飛旋的金羽似是滿空灑落的雪片，只聽「叮噹」數聲，八枚鋼環齊都被金羽射中，落在地上。

「呃——」

申屠雷背上插著一支金羽，手掌之上也插著一支金羽，他不由自主發出一聲痛苦的呻吟。

「砰！」申屠雷怒罵一聲，挾著沉猛的勁風，飛撲而下。

天蜈顧通怒罵一聲，申屠雷於匆忙中左掌一翻，接了顧通這如山的一掌。

剎那之間，他慘噑一聲，跌出丈外，噴得胸前儘是鮮血。

顧通跨前一步，單掌一舉，還待劈下。

石砥中伸手一攔，道：「他一臂已斷，讓他去吧！」

天蟆顧通怒道：「掌門人，他……。」

石砥中雙眼一瞪，道：「他已經將死！你又何必不放過他！」

天蟆顧通見到石砥中眼中隱隱沁出碧光時，心神一凜，躬身道：「金蛇還給你……。」

當他看到石砥中左手握著金蛇，臉色凝重地屹立不動。

石砥中臉色稍霽，將金蛇交給天蛇劉龍，道：「是——」

天蛇接過金蛇，臉上滿是迷茫之色，他想不通何以石砥中說話時，好像很費功夫，但是卻又很流利。

石砥中吁口氣，正待說話，卻突地聽到天蟆鄭鑫大喝道：「再吃我一掌看看！」

他側首一看，已見那天蟆鄭鑫蹲身曲膝，雙掌圈起。

鄭鑫曲膝弓背，「喀」地一聲，雙掌飛快往外一翻。

玄一道人剛才與鄭鑫連對六掌，直震得氣血隱隱浮動。

武當內功為正宗玄門心法，講究的是氣脈悠長，精純醇厚，玄一身為武當掌門，當然內功根底極深。

誰知毒門邪功另闢蹊徑，鄭鑫挾其數十年之深厚功力，一連四掌，打得玄

第十一章　毒門五聖

一道人氣血浮動，幾乎立身不住。

而他卻因為自己未能立即將玄一擊斃而不滿，急跨兩步中，他運起獨門的「蛤蟆功」來。

玄一道人看到對方這種怪異駭人的樣子，心中一驚，趕忙提氣出掌。

「喀！」的一聲，他發出這迴旋不已的掌勁。

「嘿！」他悶喝一聲，頷下長髯無風自動，飄然飛起，袖底湧起一片瀰然氣勁。

天蟆鄭鑫悶哼一聲，衣袂飄起，上身微微一晃，定了定身子。

他眼中射出炯炯神光，嘿嘿一陣冷笑，道：「好一記『流雲飛袖』。」

他連跨兩步，身形一蹲，喝道：「再吃我一掌！」

話聲一了，他「喀！」的一聲又是一道「蛤蟆功」推出。

玄一道人悶聲不吭，長吸口氣，揮掌作勢，大袖連拂而出。

「砰砰！」兩響，玄一道人痛苦地呻吟一聲，頭上道冠脫落，大袖已被那擊來的勁風撕裂。

他連退幾步，方始立定身子，滿頭大汗呆凝著天蟆鄭鑫。

好一會，他臉色驟變，「哇！」的一聲，吐出一口鮮血。

玄一道人再也撐持不住，一跤仆倒地上。

天幕陰森地一笑，跨步揮掌，便待劈下。

石砥中默然挺立，那股迥異於常的情緒一直逗留在他心底，久久未能散去。

此刻，他眼見天幕又將劈死玄一道人，陡然之間，他大喝道：「鄭鑫！住手！」

鄭鑫單掌懸於空中，猛然回頭，怒道：「你說什麼？」

天蝎臉色一沉，道：「掌門人叫你住手！」

鄭鑫撤回即將劈出的掌力，狠狠道：「讓這雜毛逃過一命？」

石砥中堅然道：「我現在不願見到有人死於非命！」

毒門五聖都詫異地望向石砥中，他們深知毒門無上神功「毒魔神功」練來不易，但是練成之後，心性即轉變為嗜殺若狂，不可遏止。

而石砥中卻說不忍見人死於非命，這與他們心中所曉得的竟然完全相反，怎會不使他們驚詫？

天蝎孫錚臉色一變，上身一斜，方待踢出他詭絕的「天蝎螫」，試試石砥中的真正身分。

天蛇劉龍喝道：「老五！你要幹嘛？」

他沉聲道：「你沒見到剛才金蛇⋯⋯？」

第十一章　毒門五聖

天蠍孫錚腦中掠過剛才金蛇在石砥中手背上咬了一口的情形，他心頭一顫，飛快地收回了即將踢出的一腿。

石砥中緩緩別過頭去，望著孫錚道：「你想要怎樣？」

天蜈顧通乾咳一聲，道：「天快亮了，掌門人要休息一下吧？」

「哦！天亮了？」

石砥中仰首望天。

一片淡淡的曙光在蒼穹出現，眼見天就要亮了。

石砥中喃喃道：「天快亮了。」

天蜈吁了一口氣，道：「請掌門人動身，我們就在城北有個莊院。」

石砥中低下頭來，四下一看，已沒有看見上官婉兒和她母親的身影。

他自言自語道：「那兩個女人呢？」

天蛛洪鍊道：「她們已經走了！」

「走了？」

石砥中突地被這兩個字將記憶的一角掀起。

他記起自己身在崑崙，目送上官婉兒與上官夫人掉頭而去的情形。

天蜈顧通不知面前這年輕英俊的昔日碧眼尊者傳人的心中所思，他只是感到石砥中全身都充滿神秘，充滿著一股令人懾服的神威。

他暗自道:「但願他能承繼尊者衣缽,使本門統一,光大門派。」

「掌門人走吧!」

石砥中哦了一聲,道:「我有一匹紅馬在城牆外……。」

他握了握拳,忖道:「我終會記起我為何失去記憶,會將這段記憶裡的空白填滿。」

六條人影飄行於空……。

第一道陽光自雲後射出,照在那漸薄的冰上。

殘冬將盡。

第十二章　萬毒真經

西安城北，一大叢翠綠的修竹，順著一條碎石子道路延展開去。

高聳繁盛的竹林，被大風穿過，發出陣陣清響。

竹葉簌簌聲中，飄落不少枯黃了的竹葉。

在一望無垠的雪原裡，這叢叢修竹，顯得更加青綠，生意盎然。

清晨和煦的陽光投射在這裡，視線穿過根根粗壯的竹枝，可以看到紅牆綠瓦在陽光下舒展。

石砥中牽著紅馬，隨著毒門五聖來到這裡。

他抬頭望著竹梢上翠綠的葉片，道：「這一片翠竹修篁真是怡人胸懷！」

天蜈顧通笑道：「老朽自五十年前買下這莊院，親手植下這些翠竹，數十年來才繁盛成這等青茂……。」

他臉上泛過淒然的表情，嘆了口氣，道：「尊者昔年最愛修竹，所以我們搜集天下的各樣竹種，栽植於此，希望有一日尊者能來此地，沒想到五十年轉瞬即過。」

石砥中一見其他四個老者臉上都泛起哀愁的表情，似乎都正在懷念著碧眼尊者。

他暗忖道：「這五個老者身為毒門五聖，為何卻居於這種莊院之中，看他們對碧眼尊者如此懷念，但又不是他的弟子。」

他腦中閃過許多念頭，卻一絲也沒有碧眼尊者的影子。

石砥中不由暗嘆道：「我真不知何時認識碧眼尊者的，也不知何時學會這一身的邪功，唉！崑崙山的白雪被我想起來了，那以後的事卻依然一點都記不起來⋯⋯。」

過了碎石小道，來到一座紅磚牆前。

那高聳的圍牆上，開了一個月亮洞口，紅漆的大門上有兩個獸形鐵環。

天蠍孫錚舉手拿起鐵環在門上一敲，僅一會兒，一個頭留丫角的小童將大門打開。

那小童雙眼如同點墨，烏溜溜地望著石砥中，然後欣然叫了聲爺爺，飛身撲進孫錚懷裡。

第十二章 萬毒真經

孫錚呵呵一笑，將那小童抱住，道：「玉陵！你怎麼到前院來，二叔呢？」

那小童道：「他跟爹爹到前面柳家莊去了，聽說那兒滿院都是死人。」

他眼珠連閃，問道：「大爺爺，你們趕到那裡去，有沒有看到滿院的死人？」

天蜈顧通哈哈笑道：「玉陵，你聽誰說我們到柳家莊去，你這小精靈！」

那小童指著石砥中，道：「爺爺，這位大哥哥可是柳家莊裡來的？」

天蜈顧通臉色一沉，道：「別胡說，來見過掌門師祖石砥中！」

那小童臉上掠過詫異之色，兩眼滿是不信之意。

孫錚將那小童放在地上，喝道：「快來叩拜掌門師祖，聽到沒有？」

那小童趕忙趴了下去，叩頭道：「孫玉陵叩見師祖！」

石砥中臉上一紅，彎腰將孫玉陵托了起來，道：「小孫無知，尚請掌門人原諒！」

孫錚攙起孫玉陵，笑道：「不要多禮！」

石砥中道：「我不慣客套，希望你不要這樣稱呼，因為我也不知道我是否真是碧眼尊者之徒……。」

天蜈顧通道：「天下之間，惟有我毒門掌門之人方會本門最高心法『毒魔神功』，武林之中，也惟有懂得這種神功之人，在運功時雙眼會泛出碧光……。」

他咳了一聲，又道：「所以我們對掌門人你的身分深信不疑，只是你的記憶力方面……。」

他望了望其他四人，繼續道：「可惜前面柳家莊莊主賽華陀柳並，本來醫術精通，誰知昨晚被幽靈宮派人將全莊之人都殺死，否則他定可治好掌門人你這種失去記憶之症，不過還可以另外設法……。」

石砥中突地又想起羅盈來了，他脫口叫道：「糟糕！她掙脫我的手跑了出去，不知到那裡去了沒有？」

他立定腳步，又道：「我要到柳家莊去看看！」

孫錚道：「我兩個犬子都已經趕到柳家莊去了，掌門人，你還是先在此休息，待他們回來，先將那兒情形弄清楚再去吧！」

石砥中一想，道：「好吧！我等一下再去！」

這時，有一個大漢自假山旁的一條小徑奔了過來，嚷叫道：「陵少爺，你跑到哪裡去了！」

當他一眼望見毒門五聖時，頓時定住身子，躬身道：「老莊主回來了。」

天蜈顧通哼了一聲，道：「你們怎麼跑到側院去了，不記得我是怎麼吩咐的嗎？」

那中年大漢派紅了臉，口吃地道：「陵少爺說要捉迷藏……。」

第十二章　萬毒真經

天蠍孫錚臉色一沉，道：「不要多說了！快將這匹馬牽到後院馬房去，用上好的黃豆和麥餵飽……。」

石砥中拍了拍馬頭，將韁繩交給那個大漢，將那大漢將紅馬牽走，對石砥中道：「掌門人，從這邊來才是前院客廳，孫錚等到那大漢將紅馬牽走，對石砥中道：「掌門人，從這邊來才是前院客廳，近二十年來，我們已不大過問莊中之事，都是居住在後院桃林裡，專門培養毒物，精研各種毒性之效……。」

石砥中隨著孫錚，向左邊一條碎石道行去，穿過一座月形洞門，來到大樓邊。

這莊院極大，樓房櫛比鱗次，重重疊疊，朱梁畫棟，飛簷樓閣，莊麗雄偉。

屋頂上堆著一層雪，簷上還掛著一根根的冰柱，在陽光映照下，閃著晶瑩的光輝……。

石砥中讚道：「好漂亮的屋子！」

天蟆一摸頷下白鬍，得意地道：「這屋宇庭院的布置建設，都是我所設計的！」

天蛛洪鍊笑道：「老三！你練了蛤蟆功，把臉皮愈練愈厚，虧你還好意思

天蟆鄭鑫一瞪眼，道：「我活了七十二歲，還有什麼不好意思說的事，小心惹惱了我，給你一記蛤蟆功！」

天蛛洪鍊掀髯而笑，道：「哈哈！你那兩套，我還不瞭若指掌，少胡吹……。」

說得出口！」

× × ×

他們談笑之間，已經繞過迴廊，來到大廳裡。

一跨進廳內，很快地便有侍女送上茶來。

石砥中坐在紫檀木的太師椅上，輕輕撫摸著茶几上鑲著的一塊大理石。

在他的記憶裡，這一切都是新奇的。

那些可以記憶的是在白雪皚皚的山頂與寒風颯颯的冬夜……。

根本沒有這種寧靜而溫馨的情調，可使得他心情恬靜安寧。

他喝了口茶，緩緩閉上眼睛，讓茶中那縷清香鑽入肺中。

天蜈顧通道：「掌門人，你該休息了，臥房已經準備好了。」

石砥中睜開眼睛，慌忙道：「不！我不是想睡覺，我只是覺得這種溫暖的

第十二章　萬毒真經

環境使得心裡非常舒暢。」

他目光投射在擺在牆角的冬青，和燃著炭擺在茶几旁的獸爐，繼續道：「所以我閉上眼睛靜靜領略這種溫馨。」

「哦——」顧通點了點頭，嘆道：「掌門人，你一定是出身寒門，幼逢孤露。」

石砥中輕皺雙眉，沉思了一下，搖搖頭道：「我倒不是出身寒門，我記得我還有幢大房子，但是細細一想又想不起來。」

顧通輕撫頷下長髯，感嘆地道：「我們師兄弟都是自幼孤露，出身寒賤之門，自幼即流浪江湖，淪落為扒竊，後來幸得碧眼尊者見我們可憐，收為侍童，傳授我們做人之道，以及武功技擊……。」

他微微一頓，端起茶杯，在掌上旋了一匝，道：「但是他卻一直不肯收我們為徒，因為嫌我們資稟不夠，不過，當時我們五人在江湖也博得小小的名聲……。」

他輕嘆了一口氣，繼續道：「後來他行遍江湖各大名山，終於在瀾滄江畔得到一本『萬毒真經』，三年之後，他創立『萬毒門』於苗疆點蒼山南麓，但是江湖上卻僅稱本門為毒門。」

石砥中這才恍然為何這五個老者都年屆七十，還如此尊敬碧眼尊者，念念

不忘於他。

顧通低垂著頭道：「毒門以毒功聞於世，著實使江湖上震驚了好一陣子，但是五十年前，碧眼尊者卻在準備動身中原之際消失了蹤影，直到今天還未找到。」

天蛛洪連接口道：「我們兄弟五人，從十多歲起便跟隨尊者，自尊者失蹤後，我們便脫離毒門自南疆搬來中原，到處尋覓尊者下落……。」

天蜈顧通輕嘆口氣，又道：「由於我們不算尊者嫡傳弟子，所以我們雖被尊者尊為毒門五聖，卻不能管南北兩宗分開之事。」

石砥中哦了一聲，道：「現在毒門是分為南北兩宗，那麼他們雙方會不發生爭執之事？」

天蠍孫錚搖頭道：「江湖也有二十年沒有看到毒門中人活動了，這是我們兄弟抑制南宗門人行走江湖所致，我們總不願眼見毒門互相殘殺而自絕於江湖。」

他嘆了一口氣，又道：「我們總希望能將尊者找到，好使毒門一統南北兩宗，恢復昔日的……。」

第十二章 萬毒真經

他話聲未了，大廳之外，匆匆奔進兩個中年人。

他們一齊躬身，朝毒門五聖道：「伯伯們回來了，侄兒叩見各位伯伯。」

天蠍孫錚道：「傑兒、銘兒見過石師叔！」

那左首中年漢子臉上微微現出一絲猶疑之色，但立即躬身朝石砥中道：「孫定銘叩見師叔！」

那右首較為矮胖的中年漢子，臉現尷尬地躬身抱拳，道：「孫定傑叩見師叔！」

石砥中臉上一紅，趕忙立身而起，道：「兩位世兄請勿多禮。」

天蠍顧通見到這兩個中年漢子臉上的尷尬之色，哈哈一笑，道：「傑兒、銘兒，你們認為石師叔太年輕是嗎？有點不好意思。」

天蠍孫錚臉色一沉，道：「你們可知石師叔為碧眼尊者嫡傳弟子，輩分自是較你等高上一輩，豈可如此臉現傲慢之色。」

石砥中忙道：「兩位師兄請勿多禮，在下石砥中年輕識淺。」

「石砥中？」

孫定傑吃了一驚，道：「師叔就是江湖上傳言的回天劍客？」

石砥中輕皺雙眉，道：「我想那就是我吧！」

天蠍顧通詫異地道：「定傑，你怎會知道你師叔是回天劍客，這是怎麼

他對石砥中道：「掌門人，老朽等俱都未曾娶妻，唯有老五娶了一房妻室，生下兩男一女，我們都住在後院，不問世事。以致對於江湖上的事不甚明瞭。」

孫定傑望了石砥中一眼，目中盡是驚詫之意。

他定了定神，道：「半年以來，江湖變化甚大，其中以回天劍客石砥中最為神奇，也最為江湖中人所樂道⋯⋯。」

他頓了頓，又道：「石師叔以一個默默無名的年輕劍手，半年之中獨上崆峒，飄身海外，以一柄長劍將海外劍派陷於不復之地，因而躋身武林十五高手中居第六位。」

孫錚哼了一聲，道：「你石師叔為本門師祖碧眼尊者之徒，用毒功夫較之丁一平不知高出幾倍，怎會居於他人之後？」

孫定傑囁嚅道：「這個孩兒就不知道了，這或許是以前⋯⋯。」

天蛛洪鍊哈哈大笑，道：「老五！你不是說已經不問江湖事了，怎麼現在逼得孩子們這樣？」

顧通一拍茶几，道：「我這叫做人不在江湖，心在江湖！」

孫錚呵呵一笑，道：「好一個心在江湖！」

第十二章 萬毒真經

孫錚哦了一聲,道:「定傑,你既然剛從柳家莊回來,且將那兒情形說說看!」

孫定傑應了一聲,道:「柳家莊全莊大小三十餘口,連莊裡才從別地來的朋友都被殺個精光,整座莊院被燒得只剩一片焦土。」

天蜈顧通頷下白髯無風自動,沉聲道:「真有這等事,雞犬不留?」

孫定傑點頭道:「雞犬不留!」

天蟆鄭鑫大叫一聲,一掌拍在茶几上。

「喀吱!」一聲,整個茶几碎裂開來。

他怒道:「剛才真不該留下那雜毛的性命,哼!有這等慘無人道的行為,虧得他們身為武林正派。」

石砥中臉上寒霧滿布,沉聲道:「我該把他們碎屍萬段⋯⋯。」

孫定傑看到石砥中眼中閃出碧綠的光芒,流轉生威,心中一寒,趕忙側過頭去。

石砥中道:「帶我去看看!」

孫定傑望著孫錚,在徵求他父親的同意。

孫錚點了點頭,道:「你陪師叔去看看。」

他微微嘆了一口氣,對石砥中道:「昨晚柳家莊大火,將我們驚醒,後來

發現不少武林高手飛掠過本莊，所以我們趕去看看，但是一步之晚，他們已經撤離莊裡，因而當我們追趕而去，正看到你在城頭……。」

石砥中握著拳，凌空揮了一下，道：「我真該將他們碎屍萬段！」

他深吸口氣，道：「孫世兄，你可曾見到一個女子跑去？」

孫定傑驚詫地道：「在昨晚四更左右，的確曾經有一個年輕女子跑去，她又哭又叫的……。」

石砥中搖搖頭，暗自傷心道：「好可憐的羅盈。」

他目中碧光大盛，喝道：「走！」

孫定傑朝孫錚道：「孩兒這就去了！」

孫錚道：「掌門人，你看看之後，可要立即回來，我們尚有要事與你商討，銘兒，你留在這兒。」

石砥中點頭道：「我很快就會回來！」

他一抱拳，跟隨孫定傑而去。

出得莊來，孫定傑默然不吭，飛奔往左邊雪原而去。

他也感覺到這個小師叔身上的那種神秘而令人驚憚的魅力，故而不敢開口說話。

石砥中身形飄飛，不疾不徐地跟在孫定傑身後。

第十二章 萬毒真經

他也默然不吭，因為他心中怒火熊熊燃燒著……。

走了一會，他突地問道：「在什麼地方？」

孫定傑先是一愣，立即想到石砥中所問的是柳家莊的所在，他答道：「就在右首，距此不足半里……。」

他話聲未了，石砥中喝了一聲道：「我先走！」

他話聲散在空中，身影已躍出八丈之外。

孫定傑吃了一驚，暗忖道：「他的輕功如此高明，真已到了凌空渡虛的地步，本門將可重振神威，震驚江湖了。」

第十三章 自縛春蠶

雪原上一片無垠，因為遠離西安城，也與官道相背，所以沒有一個行人停留。

石砥中發狂似的飛奔而去，轉眼便看到一塊焦黑了的土地。

觸目所及，一片斷壁殘垣，低矮的圍牆後，可以看到許多人在裡面忙碌地活動著。

他放慢腳步，自右側繞過去。

焦黑的屍體，焦黑的瓦土，焦黑的樹枝……。

石砥中立身殘垣之外，咬牙切齒地道：「好狠的心，好惡辣的手段！」

那些屍首已被堆放在一起，用草席蓋住，因而那些檢驗屍首的人早已紛紛離開。

第十三章 自縛春蠶

石砥中翻進矮牆,正待向堆屍之處走去,驀地視線所及,竟然見到兩騎快馬急行而來,一輛四輪馬車隨著飛馳過來。

那車車形式古樸,黑色車轅和金色描花的窗櫺,在純白的雪原上看來非常醒目。

石砥中心中一震,目光呆凝地望著那輛馬車,在他的腦海裡,他恍然記起自己熟悉的這輛馬車⋯⋯。

思緒回轉,印象模糊,他還是想不起那輛馬車到底是歸何人所有,何時曾經看見過。

那兩騎快馬來得迅捷無比,轉眼便掠過他眼前,朝右邊奔去。

他心念一動,舉起手來,想要呼喚,卻沒有叫出來!

那輛由四匹馬拉著急奔的黑漆馬車,正飛馳而過。

驀地一聲輕喝傳出,車轅上的馭者大喝一聲,立身而起。

他雙臂用力,拉緊韁繩。

陡然之間,馬聲長嘶,四匹馬飛蹄踢起⋯⋯。

那描金的窗門一開,一個全身碧綠的少女自馬車裡跳了出來。

她揮動著斗篷,高聲喊道:「石公子!石公子!」

石砥中悚然一驚,還沒有答話,突然見到先前那兩匹快馬早已掉頭奔了

回來。

其中一匹白馬上的一個年輕漢子大喝一聲，道：「石砥中別走！吃我一劍！」

那年輕漢子身如飄絮，躍在空中，手臂一揚，一柄短劍閃著耀眼的光芒，咻的一聲，往石砥中射來。

那站在車轅旁的少女叫道：「東方公子！你別這樣……。」

車門一響，裡面躍出一個雙眉如劍、鳳目瓊鼻的少女。

她見到空中短劍飛射，失聲叫道：「石公子……。」

東方玉身在空中，怒喝道：「石砥中，看我三劍司命！」

咻咻急響，又是兩柄短劍泛著銀光，劃個弧形，急射而至。

石砥中錯愕之間，那支短劍已經射到面前。

他驚詫之下，單掌倏伸，平掌拍出一股掌風。

劍刃泛著銀光，「咻——」地穿過他劈出的掌風，毫不停滯地射向他的手掌。

石砥中驚駭無比，身形不旋，手掌一偏，順著那柄短劍抓去。

劍刃帶著勁道射來，石砥中手掌一觸，便覺得掌心一痛，被犀利的劍風所傷。

第十三章　自縛春蠶

他五指一曲，手腕一伸一勾，便將短劍的劍柄抓住。

那短劍勁道不小，將他上身都帶著一動。

石砥中呃了一聲，一張開手，已見到滿手血跡斑斑，一道傷痕正好橫過掌心。

他勃然大怒，揚目一看，已見到另外兩柄短劍走著弧形急射而至。

霎時，他眼中現出一片碧綠，碧光射出，如同兩支無形的短劍……

「嘿！」急忙之間，他舉起手中握著的短劍，迅捷地一撩。

一道寒芒自劍尖吐出，劍刃自斜裡迎向那射來的兩支短劍。

「叮叮！」兩響，短劍上所蘊的兩股力道齊都擊在他的劍上。

手腕一顫，他幾乎握不住手中短劍。

一滴滴的鮮血自劍柄流出，滴落地上。

那兩支短劍一沉之下，倏地又自斜地激射而上，但是勁道已經減弱不少。

石砥中目中碧光乍然大盛，但見他肅穆地捧劍一揮，緩緩地在身前劃開了一個大圓圈。

「嗤！」

劍刃擦過空氣，發出一聲輕響，在空氣裡，那柄短劍立時熾熱起來。

「噗！」一聲輕響，劍刃擊在一支射到的短劍的劍身，立即劍斷兩截落在地上。

石砥中急旋右臂，握著那支斷刃的短劍，又擊中另一支射到的短劍。

「噹！」劍刃斷處擦過那支短劍，發出一種極為刺耳的聲音。

頓時之間，兩支短劍由於急速的摩擦，齊都變為通紅。

那支短劍也齊著劍柄而斷，掉落地上。

石砥中望著手上冒著青煙的斷劍，茫然地忖道：「這是怎麼回事？」

他思緒一轉，立即便像想到什麼似的驚喜地忖道：「我會用劍了，我記得我會用劍⋯⋯。」

但是陡然他便又忘了他剛才是怎麼運氣出劍的，立即，他又愣愣地站立在那兒。

東方玉三劍發出後，便飛身急躍而來，在他以為這一個多月以來自己專心練功，重施三劍司命之技時，必定可以將石砥中擊敗。

哪知石砥中全身氣血循著經脈逆行，發生一種迥異於常的變化，以致功力急驟增加，已不是他所能力敵了。

他三劍發出，竟全被石砥中硬生生地擊落，這簡直是不可想像的。

他飛躍的身形陡然一窒，在空中停了一下。

第十三章 自縛春蠶

石砥中眼中射出的那股碧綠神光，使得他心頭一震，幾乎瞬間自空中跌落於地。

他暗吸一口真氣，飄身落於地上。

石砥中茫然站著，一會兒，他目光才轉到東方玉身上，立即他想到東方玉剛才發出的三支短劍。

他雙眉挑起，問道：「你是何人？」

東方玉先是一愕，立刻又是一怒，他狂笑道：「石砥中，你別以為了不起，哼！你裝成這副樣子是給誰看的？」

石砥中冷哼一聲，道：「我與你不相不識，你便驟然發出暗劍，想要置我於死地，像你這種人豈能存留於人世？」

東方玉氣得渾身發抖，他一時之間，竟然連話都說不出來，只是冷笑不已。

石砥中伸開手掌，露出手上的傷痕，他臉上泛起了殺意。

立即，他兩眼之中碧光大盛，兩道劍眉斜斜軒起。

那渾身穿著碧綠衣衫的翠玉，驚惶地叫道：「石公子——」

石砥中一驚，只見那穿著碧綠衣衫的少女，滿臉驚駭，舉著纖細的小手掩住嘴，但是眼睛裡惶惑的神情，卻怎地也掩不住。

西門婕眼看到石砥中劃出那兩式詭異的劍式，她不由驚奇石砥中為何會使

出這種毫無章法，但是卻又神妙無比的劍招。

因為，惟有深深瞭解到劍道的最高奧秘，方能隨意揮出兩劍，便能自成一格，不受劍法的拘束。

她看到石砥中那種目射碧光的情形時，不禁嚇了一跳，這下，她也不禁莫明其妙，為何石砥中兩眼會射出這種駭人的碧光。

她緩緩走了過去，輕聲問道：「石公子，近來可好？」

石砥中只見這女子雙眉如劍，斜插入鬢，細巧的鼻子和彎彎的鳳眼配合著弓形的紅唇，組成了極美的形象。

他詫異地忖道：「怎麼這麼多漂亮的女人都好像認識我，但是我卻一個也不認識她們？」

他仔細地打量了一下西門婕，硬是想不起何時曾見過這個漂亮的少女。

他歉然道：「姑娘你……。」

西門婕幽怨地道：「我是西門婕，公子，你已經不記得我了？」

石砥中尷尬地道：「我實在已經記不起姑娘你……。」

西門婕還沒說話，東方玉已怒喝一聲，道：「石砥中，你少來這一套！」

西門婕掉頭叱道：「東方公子，請你不要這樣──」

東方玉臉色一變，怒道：「他對你這樣，你還……。」

第十三章 自縛春蠶

西門婕道:「這是我的事,用不著你管!」

東方玉氣得臉色都變了,他顫聲道:「你⋯⋯。」

他一頓足,返身便走。

翠玉輕嘆一口氣,叫道:「東方公子!」

東方玉回過頭來,只見翠玉朝自己搖了搖頭。

他暗自嘆了口氣,又緩緩回過頭來。

西門婕幽幽地道:「石公子,你真的已經不記得我了?」

石砥中想了一下,搖了搖頭。

西門婕秀眉微蹙,輕聲道:「公子可還記得在洛陽城裡,那時公子你曾聽過小妹彈琴⋯⋯。」

石砥中眼中一片迷茫,那碧綠的神光漸漸隱去。

他兩眼緊盯著西門婕,想自腦海中尋找出她的影子,但是他終究想不起來。

西門婕見到石砥中這樣子,知道他已經不記得自己,不由得心頭一陣難過。

她幽幽地嘆了口氣,然後緩緩低下頭,兩滴淚珠自長長的睫毛底下掉落下來,淚珠滑過粉紅的臉頰,到了嘴角旁邊。

她嘴唇一抿,那兩滴淚珠自嘴角滑入唇裡。

舌尖上嚐到的是淡淡的鹹味,地只覺心裡湧起無限的哀愁,幾乎想要放聲

痛哭。

石砥中嘴唇嚅動兩下，叫道：「姑娘……。」

西門婕抬起頭來，眨了眨眼睛，凝望著石砥中。

石砥中嘴角泛過一絲苦笑，道：「姑娘，我實在不記得以前的事了，因為我已經失去記憶了！」

石砥中點頭道：「是的，我對於以前發生的任何事，或者遇見的任何人都不記得了。」

「啊？」西門婕不由得驚叫道：「失去記憶？」

西門婕心頭一陣高興，忖道：「他並不是忘掉我，只是一時失去記憶罷了。」

翠玉欣喜地道：「是呀！我心裡也在想石公子一定不會忘我們小姐的。」

西門婕道：「但是，你怎會失去記憶呢？」

石砥中苦笑一下，道：「如果在下能記得為何如此的話，那麼我也能記得以前發生的任何事了！」

西門婕道：「但願這能夠治好……。」

東方玉再也忍耐不住，他大叫道：「石砥中，你少裝模作樣了，我們今天碰上，非要鬥個你死我活不可。」

第十三章　自縛春蠶

石砥中冷冷地望了東方玉一眼,道:「我正要問你,為何非要將我殺死不可,同時我也要再試試你那什麼三劍司命。」

西門婕道:「石公子,你不要理他⋯⋯。」

東方玉狂笑道:「婕妹,想不到你竟然會如此對我,我真是自作多情。」

西門婕臉色一變,道:「你不要如此好嗎,我⋯⋯。」

東方玉看到西門婕眼睛裡漾動的淚水,不由得心裡一軟。

他嘆了口氣,道:「唉!你豈不知他與萍妹很是要好,而且像他這種見異思遷、朝秦暮楚的小人⋯⋯。」

西門婕叫道:「你不要說了,我不要聽!」

她暗自神傷,心裡泛過一股苦澀的味道。秀眉微蹙,難過無比。

翠玉緩緩地行了過來,道:「小姐,你不要難過了!」

「唉!」西門婕望石砥中一眼,輕聲喃喃自語道:「春蠶到死絲方盡,蠟炬成灰淚始乾。」

翠玉偷望了石砥中一眼,禁不住也想流下淚來,她暗自咀嚼著這句詩霎時,她覺得自己正似那吐絲自縛的春蠶一樣,毫無理由地自尋煩惱。但一望見石砥中那豐逸的姿態,她又不由得任由自己重陷入煩惱之境,

西門婕依憐地望了翠玉一眼,暗嘆道:「玉丫頭也像我一樣,陷身情網之

中，不能自拔，唉！情之一字，害苦了多少人。」

東方玉何等聰敏，他眼見西門婕那種自憐而又悽楚的樣子，便知道她對石砥中有一種特殊的情感。

頓時，他心裡妒火勃發，不由自主地向前走了兩步。

石砥中那俊秀飄逸的風度使得他妒意更深了，東方玉冷哼一聲，右手一揚，「鏘！」的一聲，將寶劍拔了出來。

他沉聲道：「石砥中，拔出你的劍！」

石砥中冷漠地望了東方玉手中的長劍一眼，道：「我正想要與你較量一下。」

他話聲一頓，又道：「但是我卻不用拔劍！」

東方玉以為石砥中是睨視自己，他一振長劍，泛出一片冷豔的劍光，冷冷道：「你自己願意送死，也怪不得我了！」

石砥中重重地哼一聲，渾身氣逆行經脈，一股殺意隱然泛起。

西門婕尖聲叫道：「東方玉，你怎可拔劍……」叱道：「你不要多管！」

西門婕一愣，想不到東方玉竟會出言頂撞自己。

她氣得花容失色，顫聲道：「你……。」

第十三章 自縛春蠶

東方玉心裡一橫,也沒再多說什麼,一領劍訣,道:「看劍——」

他腳下連踏兩步,一劍橫豎,緩緩反削而出。

劍光一熾,劍氣瀰起,他長劍劃過空際,劍尖顫動裡,連劈三劍。

石砥中嘿地一聲,上身平空一移,讓開六寸,右掌迅捷地一拍。

東方玉冷哼一聲,嘴角湧起殘忍的殺意,劍光繚繞,三劍削出的部位立時一變。

犀利的鋒刃,寒颯的劍風,立刻將石砥中逼退兩步。

東方玉狂笑一聲,長劍抖動,三朵劍花飛出,朝著石砥中「巨闕」、「乳根」、「華蓋」三穴點去。

石砥中人在劍花裡一陣擺動,身似飄絮,掛在劍尖,很快地閃過那急勁的三劍。

他輕喝一聲,掌底湧起一股雄渾的勁道,向東方玉劈到。

「噗!」東方玉劍刃一圈,布起一層劍幕,迎了上去。

連續迎上的掌勁立即又擊在東方玉的劍幕之上。

「噗!噗!」兩聲,東方玉身形一晃,不由自主地被自劍上傳來的兩股雄渾的勁道逼得退了兩步。

石砥中劍眉一揚,目中碧光閃爍,掌影飄忽,連攻七招之多。

東方玉臉色一變，劍柄一立，回空攻出六劍。

劍影縱橫，掌勁如雷，剎那之間，他們已經連接交手二十七招。

倏然——

人影乍合又分，東方玉額頭已經現出汗漬，他急驟地喘兩口氣，退出八步之外。

石砥中目光炯炯，眼中碧光越來越濃。

東方玉雖然手持長劍，但是在石砥中的凝視之下，心中升起震慄的情緒。

石砥中眼裡射出的兩道碧光，好似鋒利的劍刃，深深刺進他的心底。

東方玉不自然地避開了目光，但是很快地，他又凝神捧劍，肅然而立。

石砥中只覺血液奔騰，滿腔熱血無法遏止，心裡閃過的都是想要殺人的意念。

他的虎齒咬得咯咯作響，強自忍住那股衝動時想要殺人的意念。

他不願殺死東方玉，而使西門婕傷心，因為他覺得西門婕對他很好……

這種意念只是一種直覺，就如此克制住他想見血腥的慾望。

東方玉抿緊雙唇，長劍斜指穹空，劍尖微微地顫抖。

此刻，他已將天龍大帝親傳的最高劍道心法使出。

劍尖顫動，他全身的每一個空隙都已經守住了，隱隱之間，他自己有一點

第十三章 自縛春蠶

感覺,那就是自己與劍同在。

但是這種念頭卻不能保持住,很快地,他的思緒轉到仇恨石砥中身上。

他們對峙了一陣,東方玉突地大吼一聲,長劍一抖,一股無形劍氣撞出。

石砥中全身如同繃緊了的弓弦,一觸即發,雙掌揮動,連劈十六掌。

他好似瘋狂一般,掌勁洶湧,如同長江大河,滔滔而至,不可遏止。

連貫不斷的十六掌,使得東方玉身上衣衫飄動作響。

他再也擋不住這股凶猛勁道,雖然連退數步,還是不能抵擋石砥中前進之勢。

「哇!」的一聲,他吐出一口鮮血。

「啊!」西門婕驚叫了一聲,道:「石砥中,你——」

她身形一動,一道藍色長虹經天而來。

劍芒如幕,浮動盪漾,手掌提在空中,頓時隔住了東方玉。

石砥中深吸口氣,沒有劈下。

西門婕駭然道:「你怎麼跟瘋了一樣,難道你真想要將他殺死?」

石砥中嘴唇嚅動了一下,強制抑住心裡那股欲念。

他囁嚅道:「我……我忍耐不住……。」

西門婕蹙眉道:「你莫非身上有病?」

她這句話好似悶雷一樣在石砥中心頭響起，他驚忖道：「我真的身上有病？」他茫然望著西門婕，那柄藍泓劍在腦海裡勾起一絲記憶，但是很快又幻沒無形。

東方玉悄無聲息地欺身而進，長劍電掣般地削將出去。

一道銀光切過，石砥中已經來不及退讓。

「嗤啦！」一聲，胸前衣袍被劍刃劃開，劍尖在他胸前的肌肉上劃出一道血槽。

立即，鮮血沁了出來，滲到衣袍外面。

石砥中痛苦地叫了一聲，身形急彈而起，左掌五指箕張，右掌當胸劈出。

東方玉一招得手，待要再進步揮劍，準備一舉將石砥中殺死算了。

誰知石砥中五指揮處，已將那疾攻而出的劍尖抓住。

他右掌一勾一引，當胸劈將過去。

「呃——」東方玉慘叫一聲，噴出一口鮮血，跌飛出三丈開外。

第十四章 漫天劍影

石砥中兩指捏著東方玉的那柄長劍的劍尖，劍柄不停地顫抖著，劍刃在陽光下泛起波浪形的流光……。

他胸前衣袍被東方玉一劍劃破，血水絲絲滲出，鮮紅的血影漸漸擴大。

西門婕握緊藍泓劍，驚愕地望著石砥中，不知道怎樣才能說出她心裡的感想。

石砥中劍眉微皺，嘴角浮現冷漠而又倔強的弧線，但是並沒有現出一絲痛苦的表情。

「哼！」他望著跌仆於三丈開外的東方玉，眼中凜列的鋒芒更加犀利了。

碧綠的神光似劍射出，他驀然仰天狂笑。

「哈哈哈哈！」

笑聲迴旋於空中，不斷地震盪著，使得那停在十丈之外的四匹駿馬都受驚長嘶。

這時，自斷垣之後，探出一個臉色蒼白的漢子。

他驚懾地望著石砥中這種傲視蒼穹、睥視一切的豪邁氣概。

「吁——」他倒吸一口涼氣，忖道：「這年輕的小師叔真是厲害，怪不得竟居天下絕頂高手之第六位……。」

石砥中昂然跨出三步，一抖手腕，便待將長劍擲出，將東方玉殺死。

西門婕驚呼道：「砥中——」

石砥中冷哼一聲，碧光暴射，抖手之間，劍刃綻起一片波光。

「嗚！」的一聲，劍柄回空一轉，一道閃光如同流星掠空而過，直射東方玉而去。

西門婕怒叫道：「石砥中！」

她不及再叫出聲來，長劍一引，身形斜飛，有如飛燕投林，藍泓劍運起一道霞光，身劍合一，疾射過去。

「鏘！」的一聲，綻起一朵火花。

那支急射而去的長劍被西門婕平空一截，斜斜飛出，插在地上。

劍刃整個沒入地底，僅留下劍柄在不停地顫抖著，那絲絲的劍穗隨風徐徐

第十四章 漫天劍影

飄動……。

西門婕整個手掌發熱，劍都幾乎握持不住了，她在空中擊出那一劍時，沒想到石砥中射出的長劍會有如此強大的勁道。

她的身形一頓，自空中墜落地上，頓時，她的臉色大變。

側過頭去，她看到那柄長劍距離東方玉頭上不足三尺，不由得心裡泛起一絲涼意。

石砥中茫然注視著西門婕，他嘴唇嚅動了一下，才問道：「姑娘，你為何要救他一命？」

西門婕掉過頭來，怒道：「難道你真想殺死他！」

她臉上泛起一種難以形容的表情，又道：「沒想到你會變得如此殘忍！」

石砥中劍眉一挑，道：「你難道沒看到，他剛才一劍幾乎將我劈為兩半，他又何嘗不是想將我殺死？」

西門婕心裡一陣難過，道：「他是因為我的關係，所以……。」

石砥中冷哼了一聲，怒道：「我與他無冤無仇，他驟然下此毒手，我難道會等著他一劍將我殺死！」

他咬了一下嘴唇，道：「我可不知道這與你有什麼關係，因為我並不認識你！」

西門婕心裡一痛，緊緊地閉住眼睛，她臉上肌肉一陣抽搐，自那長長的睫毛底，兩顆淚珠跌落下來。

她想到這一個多月來與東方玉相處在一起，縱然他不曾一絲一毫地得罪自己，而且還千方百計地想辦法使自己能愉快地玩樂。但是自己心裡總是有種遺憾的感覺，因為她不能從他身上發現與石砥中相同的氣質。

這種感情的傾向是絲毫不能勉強的……。

現在她無意中與石砥中相逢，卻不料石砥中竟變成一個如此怪異而殘忍的人。至少，她認為東方玉完全是因為自己才會受傷的，頓時之間，她心裡又浮起了一種歉疚的感情。

她那濃密的睫毛一陣眨動，又是兩顆晶瑩的淚珠滾落面頰。

石砥中茫然望著她掉淚，他根本不能瞭解到此刻她心裡的想法，所以他詫異地問道：「你又為什麼要哭，難道你是在傷心我打傷了他……。」

西門婕兩眼陡然張開，她冷峻地望著石砥中，嘴唇抿得緊緊的。

石砥中詫異地道：「你這樣看著我，究竟是為什麼？」

西門婕心裡一陣痛苦，她哽咽一聲，身子一陣顫抖，左手撫著胸口，幾乎要吐出血來。

「小姐！」翠玉走了過來，扶著她的肩背，問道：「小姐！你……。」

第十四章 漫天劍影

西門婕慘然一笑，偏首問道：「東方公子怎麼啦？」

翠玉道：「婢子已將『凝碧丸』給他服下，一時尚無大礙。」

西門婕問道：「他的傷重嗎？」

翠玉道：「傷得很重，恐怕要休養很久才能……。」

西門婕默然點了點頭，道：「你去照顧他吧……。」

她停頓了一下，又道：「叫宋岳把他抱進馬車裡。」

翠玉望了石砥一眼，道：「小婢怕東方公子傷勢太重，不能移動！」

西門婕輕聲道：「那麼你去照料他吧！我沒什麼……。」

她舉起袖子擦了擦臉頰上的淚水，然後兩眼緊盯著石砥。

她看到石砥中仰首望著雲天，不知在思索些什麼，幾乎無視於自己的存在。

她悽楚而痛苦地一笑，道：「你是不是在想，你到底是否做對這事？」

石砥中低下頭來，移轉視線望著西門婕。

他搖了搖頭，道：「我是在想我到底認不認識你！」

西門婕全身一震，幾乎倒了下去。

她冷笑一聲，怒道：「你到現在還要裝成這種樣子？」

她一抖手中長劍，藍芒燦爛生輝，喝道：「我倒要看看你為何這樣狂妄？」

她咬緊牙根，劍走輕靈，犀利迅捷地削出一劍。

「嗤！」的一聲，長劍劃過空氣。

藍色的劍尖如水漾出，劍尖毫不遲疑地劃在石砥胸前。

石砥中未及提防，眼前一花，寒颯的劍氣已經襲至胸前，他吸氣凹胸，上身平移五寸。

「嗤啦！」劍尖削破衣袍，帶起一片長約七寸的碎布，飄落空中。

劍尖一顫，三朵藍花抖出，西門婕咬緊牙關，連環擊出三劍之多。

石砥中低喝一聲，鐵掌一揮，連劈三掌。

綿綿的掌式，使得那發出的掌勁彙聚如同鐵板撞出。

「噗！噗！噗！」

一連三聲，劍影陡然一黯，蕩了開去。

石砥中進步欺身，右肘一曲，撞將過去。

「呃！」西門婕握劍的手臂被石砥中一肘擊中，頓時長劍脫手飛去。

她連退三步，花容失色，驚懼無比地望著石砥中。

「哼！」石砥中冷哼一聲，道：「你也想殺死我？」

他眼中射出駭然神光，身形一晃已經躍到西門婕面前。

西門婕驚駭得兩眼睜得大大的，嘴唇不停地嚅動著，一時卻又說不出

第十四章 漫天劍影

石砥中心裡浮起一片殺機，兩眼碧光暴射，似乎要立即將西門婕斃於掌下。

西門婕囁嚅地道：「你……。」

石砥中眼中映過一張驚懼的臉龐，使得他整個精神為之一震。

他腦海裡現出千百隻餓狼叫嗥奔躍的情形，立即他又想到西門螺挾住東方萍，想要把她擲下深谷時的情形……。

「狼群……。」

他痛苦地迸出幾個字，眼中的鋒芒漸漸變得柔和。

但是，立即他又痛苦道：「我不是毒人。」

西門婕驚懼地望著石砥中，她震懾於他全身迸發出的神秘而詭異的氣質……。

石砥中急速地喘了兩口氣，道：「我不能殺你，我不能殺你……。」

西門婕親眼看到石砥中眼裡的碧光漸漸淡散，而至消失。

石砥中緩緩放下雙掌，腦海裡映過東方萍痛哭流涕地站立於一塊大石頭上時的情景。

那真使他摧心斷肝，因為他無法接近所愛的人，而硬要彼此分開……。

他痛苦地呻吟道：「萍萍……。」

西門婕突地聽到石砥中呼喚萍萍的聲音，一時之間，心裡泛過一種難以形容的痛苦。

她再也忍耐不住，哭著道：「我是西門婕，不是東方萍。」

石砥中茫然道：「你說什麼？」

西門婕只覺得強烈的妒火幾乎將自己的心都燒化了，她咬緊嘴唇，目中淚水汪汪地呆呆凝視著石砥中……。

石砥中喃喃地道：「萍萍，你不是萍萍，你是誰？」

「呃！」西門婕痛苦地發出一聲呻吟，嘴唇上流下了鮮紅的血……。

她再也忍耐不住，雙掌一提，十指交拂而出，向石砥中打去。

「啊！」

石砥中吐出一口鮮血，身形倒飛出八尺，仰天跌倒地上。

西門婕沒想到自己憤怒中發出的一掌，石砥中會毫不閃躲地被擊中。

她驚叫一聲，奔了過去。

那躲在斷垣後的孫定傑大叫道：「不要傷我師叔！」

他自殘壁之後飛奔出來，躍向石砥中而去。

石砥中身子「啪！」的一聲摔在地上，但很快地便躍了起來。

他臉色蒼白，劍眉斜軒，憤怒地道：「你這個不要臉的女人！」

第十四章　漫天劍影

他身形如電，話聲未了，五指已飛快地疾伸而出，將奔來的西門婕右腕擒住。

他這一下真是出人意料之外，驟然之間，西門婕發出一聲尖銳的叫聲。

就在這電光石火的剎那，一個龐大的人影橫空飛躍過來。

他大喝道：「勿傷我女！」

西門熊身形一落，腳尖點處，已踏在孫定傑的頭上，一個起落，便來到石砥中的面前。

他揮臂一格，右手兩指疾然一敲，往石砥中腕脈敲去。

孫定傑才奔了幾步，頭上風聲一響，一聲大喝幾乎震得他耳朵都聾了。

他愕了一下，正待回頭看看是誰來了，誰知風聲輕響，頭上已被西門熊踏了一下。

略一驚愕，他已見到西門熊那龐大的身影飛躍過去，隨著西門熊掠過，他身後又是一道風聲急響。

「哼！」西門錡冷哼一聲，舉掌一揮。

「啪！」的一聲，拍向孫定傑頭上而去。

孫定傑心裡一驚，趕忙蹲身翻掌，雙掌往頭上頂去。

「喀吱！」兩聲，西門錡一掌將他雙腕打斷。

孫定傑痛苦地叫了一聲，被那渾厚的掌勁擊得雙膝跪了下來。

西門錡毫不憐憫地一足踢出。

孫定傑腦殼碎裂，腦漿濺出，悶哼一聲便仆倒於地。

西門錡毫不留情地跨過孫定傑的屍體，往前躍去。

在這剎那裡，西門熊與石砥中已連換七招，但是卻仍然沒能將西門婕自石砥中手中奪過來。

西門熊心中震驚無比，沒想到自大漠一別後，石砥中的武功又增進不少，但是他心裡總感到有點不對勁，因為他覺得石砥中整個人都與以前不同，詭異而奇特……。

在此刻，這個念頭有如電光閃過腦際，他已無暇詳細思索。

連攻七招之後，他提起渾身功勁，大喝一聲，急速劈出一掌，掌風凝重如山，急撞而出。

「呼！」的一聲，已達石砥中胸前。

石砥中急忙之間，深吸口氣，挫掌一揮。

「砰！」的一聲，他倒退四步，胸前傷口迸裂，鮮血流了出來。

西門熊欺身運掌，五指如勾，一把便抓住石砥中胸前衣襟。

「嘿！」他悶哼一聲，右手兩指一敲，擊在對方腕脈之上，左手一提，便

第十四章 漫天劍影

將石砥中舉了起來。

石砥中手腕一麻，西門婕已經脫出擒握。

他胸前一痛，整個身子都被西門熊帶了起來。

他胸前的劍傷迸裂，滴滴鮮血落下，剛好掉落在西門熊的衣衫上。

剎那之間，西門熊的衣衫蝕毀，露出一個烏黑的痕跡。

西門錡駭然道：「爹！你的衣上……。」

西門熊低頭一看，見到自己胸前的輕裘上有一片烏黑的痕印。

立刻，他便想到大漠裡看見石砥中流血時，被大狼舔食而致中毒死去的情形，腦海之中立即掠過一個念頭：

「他是毒人！」

他大喝一聲，掄起石砥中，往外便摔。

石砥中身子剛一飛起，一足反踢而出。

西門熊剛將石砥中扔出，眼前一花，石砥中那一足已如閃電踢來。

這下來得奇詭無比，他竟不能閃躲開去。

急忙之間，他頭一低，單掌往上疾抓。

一股急風掠過西門熊，擦過髮髻，踢在他的手掌之上。

「啪！」的一響，他掌心中了一腳。

這一腳勁道沉猛，他掌心一麻，上身搖晃了一下，方始立穩身子。

石砥中身形倒飛而出，一屁股跌倒地上。

正當此時，遠處一聲尖叫道：「石哥哥！」

西門熊心裡正為石砥中那一足而感到驚詫無比，突地一聲悶雷似的大喝傳入耳中。

他抬頭一看，只見一個長衫儒巾的中年漢子御風飛躍而來。

「嘿！東方剛！」

他低喝一聲，凝神運氣，迎著東方剛揮來的一掌，劈將出去。

「砰——」

巨響如雷，激旋的勁風使得地上的沙石都飛捲空中，四周的空氣頓時都凝結起來。

西門熊身形一陣搖晃，倒退兩步，灑得滿頭沙石，一臉的灰土。

他雙掌護胸，連臉都沒抹一下，凝神注視著東方剛。

東方剛飄然落下，他掀鬚笑道：「西門熊，你越來越沒有出息，爺兒倆個打人家一個後生晚輩⋯⋯。」

西門熊重重地哼了一聲，略一顧盼，發覺西門錡和西門婕兩人都被剛才兩股碰擊的勁風逼得退出兩丈開外。

第十四章 漫天劍影

他濃眉一揚，道：「東方剛！你少說風涼話，咱們再來鬥個一千招！」

東方剛哈哈一笑，道：「任何時候我都奉陪，只不過今天不行。」

西門熊嘿嘿一陣冷笑，道：「你接我一記『冥空降』試試！」

東方剛微微一笑，道：「姓石的那小子怪異得很，諒必讓你消耗不少功力，今天你不是我的對手，免得說我占你便宜……。」

西門熊心中一凜，忖道：「我剛才的確消耗不少功力，而且那姓石的小子全身是毒，恐怕身上沾了他的血，全染上了毒……。」

就在他忖思之際，東方剛突地叫道：「玉兒！」

他飛身躍到東方玉身旁，蹲下身去，伸出五指放在東方玉腕脈之上。

霎時他臉色一變，十指齊揮，連點東方玉身上三十六穴。

他伸手入懷掏出一個玉瓶，捏開東方玉下頷，將瓶裡的白色乳漿全替他灌了下去。

他雙眉一聳，臉色凝重地站了起來，緩緩將目光凝住在西門熊臉上，沉聲道：「西門熊，可是你將小犬打傷的？」

西門熊望了望東方玉，冷哼一聲，道：「是又怎樣？」

東方剛仰天狂笑，然後沉聲道：「那我該謝謝你教訓了小犬一頓。」

他緩緩地提起右掌，剎那之間，掌心一片瑩白，淡淡的霞光，晶瑩流轉……。

西門婕知道這下子東方剛是要與自己爹爹拚命了，她看了看站在石砥中身邊的東方萍，咬了咬牙，叫道：「東方伯伯……。」

東方剛應聲道：「賢姪女，有什麼事？」

西門婕道：「是石砥中將東方公子打傷的，他……。」

東方剛「哦」了一聲，道：「是嗎？真有這事？」

西門熊怒道：「姓東方的，你怎可不相信我女兒說的話？」

西門婕叫道：「爹爹！您別說了。」

她轉首道：「真的是石砥中把東方公子打傷的！」

這下東方萍可聽到了，她抬起頭來，驚叫道：「爹，別相信她，絕對不是石哥哥……。」

東方剛看到東方萍，頓時心裡妒火中燒。

她冷哼一聲，道：「東方伯伯，你若不信，可以去問石砥中！」

東方剛兩眼射出犀利的鋒芒，走前兩步，問道：「石砥中，我兒子真是你打傷的？」

石砥中茫然注視著東方萍，他一直在苦苦思索，想要在腦海中抓出一條細線，而將他帶回過去的記憶裡。

因為他覺得太熟悉東方萍了，熟悉得好像自己一樣……。

第十四章 漫天劍影

東方剛那聲喝叫，使得他那幾乎抓住的影子，又如輕煙般消逝。

他怒氣勃然地問道：「你說什麼？」

「哼！」東方剛臉色一沉，問道：「可是你將玉兒打傷？」

石砥中目光一斜，緩緩地站了起來，道：「不錯，正是我打傷他的！」

東方剛臉現寒霜，道：「你是怎樣將他打傷的？」

西門婕道：「東方公子使出三劍司命之技，被他破去……。」

東方剛臉現寒霜，道：「哦！不是的！不是……。」

西門婕點頭道：「姪女一點都沒說假話。」

東方剛沉聲道：「你是說他能破去我獨門絕技『三劍司命』？」

東方剛狂笑道：「好！江湖後浪推前浪，想不到天下竟也有人能破去我的

他沉聲道：「石砥中，我倒要領教你這種絕技！」

東方萍叫道：「爹，絕不是他……。」

她一指西門婕道：「她在說謊！」

西門錡一皺眉頭，道：「世妹，你怎能這樣說？」

東方萍啐了一口，道：「呸！誰是你的世妹，少不要臉了！」

『三劍司命』？」

「哈哈！」西門熊笑道：「錡兒，你又碰了個釘子吧！」

東方剛彷彿沒有聽見東方萍的話，他緩緩伸手放進革囊之中，掏出一柄銀光閃閃的短劍。

東方萍眼見她爹立即便將施出「三劍司命」之技，不由得驚叫道：「爹！你千萬不要……。」

東方剛怒喝道：「過來！」

他話聲立即又轉變柔和地道：「我不會對他怎樣的！」

東方萍嚥著嘴，非常不高興地走了過來。

東方剛道：「石砥中，我只用一柄劍，而你也可用劍，如果你能擋得了我這一劍的話……。」

他停頓了一下，道：「那麼我今日放手便走！」

石砥中目光炯炯地望著東方萍，想要再記憶起她到底是誰。

東方剛怒喝道：「你聽到沒有？」

石砥中憤怒地望著東方剛，喝道：「你是什麼人？」

東方剛氣得幾乎吐血，他狂笑一聲，道：「我原還想要將萍萍許配給你，誰知你今日武功稍有成就，便如此狂妄。」

他臉上浮起殺氣，右手伸進革囊，要將其他兩柄短劍掏出。

第十四章 漫天劍影

東方萍曉得東方剛若是將其他兩劍拿出,必然會將石砥中殺死,因為三劍司命之技,在劍道一門幾乎沒有能超越它的了。

尤其當她看到石砥中那種狼狽的樣子,不由得更是憂慮不已,她叫道:

「爹爹,你自己說了只用一柄劍!」

東方剛重重地哼了一聲,將手縮了回來,罵道:「還不去看看你哥去!」

東方萍小嘴一嘟道:「他有人在照顧,怎會需要我?」

東方剛回目一看,只見西門婕蹲在東方玉的身邊,正自替他擋住炎熱的太陽。

他心裡一動,掠過一個奇特的意念,但是立即便將它壓抑下去。

他叱道:「那你走開點!」

東方萍道:「你不能傷害他喲!爹,你答應我的!」

東方剛重重地哼了一聲,道:「你沒看到你哥被傷成那個樣子,還一直偏袒別人,哼!女心向外,一點都不錯!」

「嘿嘿!」西門熊笑道:「東方兄對你這寶貝千金一點都沒辦法,真是……。」

東方剛修眉一蹙,道:「真是什麼?」

西門熊聳了聳肩,笑道:「真是個好父親!」

他話聲剛了,石砥中怒喝道:「喂!你們倆說話有沒有完?」

西門熊獰笑一聲,道:「東方兄,你可曾見過有誰敢公然向我倆叫陣?這狂妄自大的小子……。」

東方剛默然不吭一聲,他深吸一口氣,全身衣袍立時緩緩鼓起,雙眼之中顯現煞光。

他緩緩舉起手中銀色短劍,自那劍尖之上,立即吐出一條爍亮寒芒……。

「哼!」他冷哼一聲,道:「看劍!」

短劍泛起一層濛濛的銀光,挾著異嘯回空疾射而去。

「咻——」尖銳而刺耳的聲音,立時使得石砥中神經一緊,全身一震。

他的腦海裡突然掠過羅盈對他說的話來,他暗忖道:「我是回天劍客,我會用劍……。」

這念頭如電光石火般地掠過腦際,他猝然之間探手入懷,將白冷劍拿出,寒芒颯颯,那支銀劍已射到面前。

他大喝一聲,已不及拔劍出鞘,舉起白冷劍往上一撩。

「鏘!」的一聲,他手腕一震,整個身子都跌出三尺,坐倒地上。

那支銀劍在空中矯如銀龍,略一停頓,仍自疾射而下。

「啊——」

東方萍驚愕地尖叫,禁不住舉起手掩住張開的嘴。

第十四章　漫天劍影

他拔劍出鞘，一道寒波迸發而出，漫天劍影片片……。

他全身氣血一陣翻騰，直衝腦門，立時自行倒逆的運行又正常了。

「噗！」

在這急速轉變之中，他的整個記憶都出現腦海，一切的一切都可記憶起來了。

他大喝一聲，輕抖劍柄，運聚功力向前一送。

一圈劍暈自劍尖升起，光華湧現，燦爛奪目……。

迎著那射到的短劍，這輪光暈乍閃助威，只聽一聲輕響，短劍斷為三截，墜落塵埃。

石砥中倒退十步，頭上迸出顆顆汗珠，地上深印十個腳印。

他臉上肌肉一陣抽搐，叫道：「萍萍……。」

話聲一了，他便吐出一口鮮血，跌倒地上。

東方萍叫了一聲奔跑過來，但是她卻被天龍大帝一手擒住。

東方剛臉色鐵青，叱道：「不要去！」

他沉聲道：「他已完全是個毒人！無法可救了！」

東方萍睜大雙眼，錯愕地望著她父親。

東方剛道：「他剛才使出劍罡之際，眼中目光盡都變為碧綠，可見他中毒

西門熊點頭道：「由於毒性的刺激，因而他的功力突飛猛進，但是他卻會很快的死去。」

東方萍「哇！」的一聲大哭了起來，她立即摀住臉，痛苦地哭泣著。

東方剛深吸一口氣，道：「西門兄，小犬幸得令媛之助得以不死，小弟在此謝過，現在小弟有一事在心……。」

西門熊道：「東方兄不必見外，有何事情小弟能夠效勞，一定盡力。」

東方剛道：「小兒對令媛一向傾慕，而且令媛賢淑溫柔，小弟久已得知，所以小弟欲代小犬向兄臺求親，不知西門兄你意下如何？」

西門熊微微一愣，側首望著西門婕，道：「婕兒，你意下如何？為父將你許配與東方公子……。」

西門婕微微抬起頭來，默默地望著東方萍，然後輕輕地點了點頭。

西門熊嘿嘿一笑，道：「好吧！我們就結這個親吧！」

東方剛自革囊裡掏出一柄銀劍，道：「這是我東方剛傳家寶，小弟就以這柄短劍作為文定之物。」

西門熊接過短劍哈哈一笑，道：「這個倒不必，小兒身罹重傷，非青海海心山『浮游

東方剛搖搖手道：「匆忙之間，小弟我也沒什麼寶物作為……」

第十四章 漫天劍影

木」上的銀耳和雪蓮不能痊癒,這個算是給小兒的采禮吧!」

西門熊一愣,忖道:「好個狡猾的老兒,原來是為了你兒子治傷,所以才肯結這個親⋯⋯。」

他哈哈大笑,道:「這個沒問題,令郎已是小婿,豈有見傷不救之理?令郎就隨小弟回海心山上幽靈宮,東方兄放心好了!」

東方剛點點頭道:「如此就放心了。」

西門熊心念一轉,道:「小弟上次到大漠天龍谷代小兒求親之事,現在我們已成親家,小弟尚希望能夠與東方兄親上加親,求娶令嫒為媳,不知兄臺意下如何?」

東方剛還沒說話,東方萍已叫道:「不!我不要嫁給西門錡。」

東方剛目光一轉,叱道:「萍萍!住口!」

他說道:「你沒見到石砥中的樣子嗎?他已不能活上多久,我怎能讓你隨心所欲。」

東方萍掩臉哭道:「不嘛,我不要⋯⋯。」

東方剛對西門熊道:「小女自幼喪母,嬌縱慣了,尚讓吾兄包涵二二。」

西門熊哈哈一笑道:「好說好說,小弟絕不會虧待令嫒的。」

他側首一看,只見西門錡正自緊張地望著自己,不由得又好笑又好氣,輕

咳了一聲,道:「錡兒,還不拜見岳父大人?」

西門錡樂得嘴巴都合不攏來,趕忙跪下,道:「小婿叩見岳父大人。」

東方剛一擺大袖,沒待西門錡拜下,便將他扶了起來。

他沉聲道:「賢侄免禮了!」

西門熊一聽東方剛稱呼西門錡是賢侄,他知道這意味著要待東方玉痊癒後,才有可能實現合親的事。

他哈哈笑道:「就此一言為定,小弟立刻趕回青海,替令郎治傷!」

東方剛一抱拳,道:「小弟就此別過⋯⋯。」

西門熊道:「將東方公子抬進車裡。」

他指著西門錡道:「小子!你這下總該滿意了吧?」

西門錡得意地笑了笑,但他目光一閃,已瞥見石砥中從地上站了起來。

第十五章 摧肝斷腸

眼望著天龍大帝帶著哭泣的東方萍飄然而去時，石砥中整個心靈都沉落在茫然不可尋的境界裡。

他只覺得自己不存在了，一切的榮譽、一切的希望都已隨著那飄然而去的人影消逝。

天邊灰藍，他的眼睛呆滯地望著那遙遠蒼穹裡的一片浮雲，不自覺中，他兩眼淚水流出。

默然無聲中，他的淚水汨汨不停，流過臉頰，跌落在衣襟之上。

西門錡得意無比，他眼見石砥中如此傷心，心裡有股說不出的痛快，他望著消失在陽光下的人影，不由仰天狂笑起來。

西門婕倚偎在西門熊身邊，憐憫地望著石砥中，她雖然心底無限悲苦，但

是卻又摻雜著濃濃的妒意。

她暗自嘆息，因為她深知石砥中這種深沉的悲哀，正表示他是何等深愛著東方萍，而這分愛情，卻是她所渴求而不可得的。

她暗忖道：「為何我不能獲得他這種純潔而深沉的愛情，為何他會如此深愛著東方萍，卻視我為無物……。」

剎那之間，意念叢生，她的情緒似乎受到感染，悲痛地低聲飲泣起來，而得意的樣子時，不由得大聲地叫道：「哥哥！」

西門錡的狂笑聲，使得她驚愕地抬起頭來，但是當她看到西門錡那種狂喜而得意的樣子時，不由得大聲地叫道：「哥哥！」

西門錡笑聲一歇，愕然望著西門婕。

西門婕憤怒地道：「婕兒！你怎好如此對你哥哥？」

西門熊拂然道：「婕兒！你別這樣大笑好嗎？」

當他看到西門婕臉上掛著兩顆晶瑩的淚珠，不禁吃了一驚，問道：「婕兒，你怎麼啦？」

西門婕輕輕地擦掉臉上的淚珠，搖頭道：「沒什麼！」

她視線所及，石砥中仍默默地流著淚水，不由得心中又是一陣絞痛，含在眼眶裡的淚水再也忍不住，似串串珍珠奪眶而出。

西門熊愕愕地道：「婕兒，你有什麼傷心的事，跟爹說……。」

第十五章 摧肝斷腸

西門婕面撲進西門熊懷中,泣道:「爹爹,他……。」

西門熊問道:「乖女兒,你說誰……。」

當他順著西門婕手指望去,見到痛苦悲泣的石砥中時,不由恍然了。

他暗忖道:「婕兒何時又對這小子發生情意,否則她也不會如此痛苦。」

他輕輕拍了拍西門婕的肩膀,道:「婕兒,不要忘了你已是東方家的人。」

西門婕搖著頭,說道:「我不願嫁給東方玉。」

西門熊臉色一變,沉聲道:「婕兒,你怎可這樣?剛剛說好的,現在便又不承認了,讓天下武林都來恥笑我西門熊言而無信。」

西門婕扭動著身子,道:「我不管嘛!我不管嘛!」

西門熊沉聲喝道:「婕兒!」

他雙手推開西門婕,正色道:「你剛才聽見為父將你許親給東方玉時並不反對,現在卻又說不願意,這簡直在胡鬧,你年紀已經不小,怎可如此!」

西門婕眼眶一紅,淚水流下,她泫然泣道:「剛才我以為他一定要娶東方萍,現在東方萍既成了我嫂嫂,那我……」

西門熊一聽,幾乎把胸口都氣炸了,他厲聲道:「你就是為了石砥中那小子,不願嫁給東方玉?」

西門婕默默地點了點頭。

西門熊勃然大怒道：「我一定要你嫁給東方玉，你敢不聽我的話，哼！」

西門婕全身一顫，仰起滿是淚痕的臉，望了西門熊一眼，掙脫西門熊的雙手，掩臉飛奔而去。

西門熊見西門婕向馬車奔去，餘怒未息地叫道：「你若是不聽我的話，我生劈了你！」

西門婕鑽進了馬車，「砰！」的一聲，將車門關上。

翠玉跟著西門婕走進馬車，她的眼角也掛著一串晶瑩的淚珠。

西門熊臉色漲得通紅，雙手緊緊地握拳，骨節像炒蠶豆似的一陣亂響。

他側面一望，見到西門錡雙眼中滿是仇恨地望著石砥中。

他叱道：「混帳！還不去照顧你妹妹！」

西門錡應了一聲，也不敢回話，飛身躍向黑色的馬車而去。

西門錡答應了一聲，跨上車轅，對趕車的馬夫道：「你下去，帶著我的馬，跟著我爹，我來趕車！」

他揮起馬鞭，「咻」的一聲，鞭梢掠過空中，劃一個半弧，抽在馬身上。

馬聲長嘶中，車聲轔轔，那輛黑色馬車向西安城馳去。

西門錡說道：「你送婕兒到西安城裡等我！」

第十五章　摧肝斷腸

× × ×

西門熊猛然回過頭來，臉上一片殺意。

石砥中仍自呆凝地站立著，失神地將眸光投注在雲天深處，心底無邊的哀傷，化成串串淚珠，灑落胸前。

他的情感是如此的豐富，故而當他悲傷時，他整個心靈都陷入痛苦悲哀中，再也顧不到外界的任何干擾了。

西門熊滿臉殺氣地向前走了兩步，卻又沒哭出聲來！這種悲傷才是最深沉的傷痛，也是最為戕害練武人的心志，我何不稍等一下，待他哭個痛快時，渾身氣脈虛浮之際，再給他厲害瞧瞧！」

實在說來，他對石砥中一身怪異的毒功也甚為忌憚，所以眼見這種好的時機，不由暗自欣喜，而不打算立即上前與石砥中較量。

石砥中默然無聲，但是無比的痛苦卻似一把犀利的鋒刃在緩緩地割著他的心。

無聲的流淚才是最深沉的痛苦，才是最深沉的悲哀。

石砥中仰望蒼穹，眼前一片茫然，在迷茫中，他似乎又見到東方萍那楚楚

的風韻。

他幽怨的眼神，那淒惋的臉靨，直在眼前不停地晃動。

他向前走了兩步，嘴唇嚅嚅而動，喃喃道：「萍萍，萍……。」

他心裡一陣激動，只覺喉頭一甜，吐出一口鮮血。

西門熊得意地一笑，他暗暗地叫道：「小子！只要你再吐兩口血，連我十招都抵擋不住。」

石砥中雙手捧著胸口，悲痛地呻吟兩聲，彎下腰去，又吐了兩口鮮血。

西門熊哈哈大笑，上身毫未移動，已跨出兩丈開外，立身於石砥中面前。

他臉上浮起一片殺意，獰笑地道：「石砥中！」

石砥中自痛苦的沉思裡抬起頭來，他看到一個模糊的人影，像座小山似的站立在眼前。

擦了擦淚水，他方始看清楚站在面前的是西門熊，頓時，他自迷惘中醒了過來。

西門熊咧開大嘴，衝著石砥中一陣獰笑，道：「石砥中，我警告你，從此你不能再與東方萍見面！也不能與我的女兒見面！」

石砥中精神尚未穩定，他喃喃自語道：「不能與東方萍見面！不能再與東方萍見面……。」

他臉上突然泛起怒意，恨聲道：「為什麼不能與她見面？」

西門熊冷笑道：「因為她已是我兒媳！已經成了我西門家的人！」

石砥中心裡一痛，又吐出一口鮮血。

他連嘴角的血漬擦都不擦，臉上浮出一絲苦笑，低聲道：「她已成了西門家的人了！」

西門熊沉聲道：「一點不錯，她已是我西門家的人！」

石砥中握緊了拳頭，恨恨地道：「我絕對不讓她嫁給西門錡！」

西門熊臉上殺意更濃了，他沉聲道：「你已經沒有機會了，因為我要殺死你！」

石砥中全身一震，雙眼緊盯西門熊，他的精神好像受到巨錘一擊，立刻振作了起來！

他緩緩地擦了擦嘴角的血漬，暗暗運轉丹田真氣。

但是，很快地，他發覺自己氣機薄弱，竟然好似與人大戰過後，又好像剛生了一場大病一樣，渾身都沒有一點力量。

他心中一驚，知道自己是傷心過度，是以妨害了體內氣血的運行。

西門熊經驗何等老到，他哈哈一陣獰笑，道：「你今天再也逃不脫我的手掌心了！」

石砥中冷漠地道：「西門熊，你可別太得意。」

西門熊冷哼一聲，道：「好狂妄的小子，死到臨頭還不覺悟！」

他沉聲又道：「我給個便宜讓你占，只要你能擋過我十招。今天暫且放過你的狗命！」

石砥中怒極反笑，喝道：「西門熊！我石砥中堂堂男子漢，絕不怕人威脅，在漠野狼群之下，我都沒有畏懼過，現在豈會怕你的威脅！」

西門熊冷嗤一聲，道：「我的話說一句就是一句，你只要能夠擋得了我十招，今天便放過你一條性命！」

他睜睨地道：「儘管你使出劍罡之術，我也絕不含糊……。」

石砥中這時早已壓抑住洶湧的情緒，他凝神運氣，緩緩摧動丹田真氣，欲與幽靈大帝一搏。

西門熊見到石砥中那種肅然的表情，心中暗驚，忖道：「想不到這小子倒真的已隱有一代宗師的氣魄，在如此悲傷，如此震怒的情形下，依然很快便能收斂心神，真瞧不透他……。」

他冷哼一聲，進步揚掌，一式「臥看七巧」劈出。

掌影片片，風聲颯颯裡，他大聲喝道：「第一招！」

石砥中身形一旋，五指駢立，斜切而出，指尖所及，指向對方「期門」、

第十五章 摧肝斷腸

「商曲」兩穴而去。

西門熊長眉一揚，掌緣一滑，走一弧形，劈向石砥中頸部，左掌一牽一引，自內角攻進對方空門，直逼石砥中胸前。

他這兩式去得神妙無比，有如雪泥鴻爪，不留絲毫痕跡。

石砥中臉色一變，疾退兩步，圈臂回身，「將軍盤弓」、「將軍撐天」兩式揮出。

西門熊冷哼一聲，沉聲喝道：「看第三招！」

他雙掌移前兩寸，洶湧的力道自掌心發出。

「啪！」石砥中上身一晃，雙足連退三步。

「啪！」

西門熊那順勢攻進的左掌，正好劈中石砥中迎上的力道，一聲沉響，石砥中又連退兩步。

地面之上，登時留下六個寸餘深的腳印。

石砥中臉色發青，但是卻沒有倒下去。

西門熊深吸一口氣，弓身握拳，一拳擊出。

轟然聲中，他大喝道：「第四招！」

拳勁沉猛，足可開山裂石，急撞過去。

石砥中脫口道：「五雷訣印！」

他深吸口氣，雙掌虛虛一攏，大袖平飛而去，「般若真氣」凝聚而出……。

一股平穩的真氣，碰撞到那沉猛的「五雷訣印」，頓時發出一聲巨響。

「砰！」的一聲，沙石飛濺，灰塵瀰漫。

石砥中悶哼一聲，他只覺心頭一震，那提聚的真氣陡然一鬆，全身恍如空無一物。

那股沉重如山的勁道，頓時毫無阻擋地急撞過來，擊在他的胸前。

「呃——」

他痛苦地叫了一聲，整個身子倒飛而起，一跤跌出八尺之外，仆倒地上。

西門熊狂笑一聲，拳式所及，有如山洪倒瀉，洶湧澎湃，飛擊過去。

石砥中在地上連滾幾下，飛沙捲起，灑得他滿頭滿身都是，「鏘」的一聲，連藏在懷裡的白冷劍都掉了出來。

他只覺這一滾，將心頭閉住的一口氣滾開了。

霎時，他哇的一聲，噴出了一口鮮血！

就在此時，西門熊大喝一聲道：「第五招！」

他身形循著擊出的拳式，跳出七尺，那緊握的右拳已經停留在空中，陡然之間，他右臂微微一動，中指急彈而出，一縷指風襲去。

第十五章 摧肝斷腸

「咻——」

指風尖銳，如同有形之物，襲向石砥中「鎖心穴」而去。

石砥中一口鮮血吐出，鬱積的氣悶一暢，神智突然清晰起來。

他還沒定過神來，一縷急銳的指風已經挾著異嘯襲到。

他心頭大震，身形一滾，正待躲開那神妙而又急勁的一指，眼光卻瞥見掉落在地上的白冷劍。

他伸手一抓，「鏘」地一聲輕響，劍刃出鞘。

一道白光劃起一彎光弧，瀰然的劍氣震時暴漲而出。

「叮——」

白光一閃即沒，那縷剛勁的指風正好擊中石砥中急劈而出的劍幕上。

劍刃被擊，發出一聲脆響，顫動的鋒刃仍自發出嗡嗡之聲。

石砥中半條手臂都麻木了，那如同有形的指風，幾乎把他手中短劍擊飛。

但他咬緊牙關，握緊白冷劍，又緩緩地站立起來。

西門熊似是沒想到石砥中如此耐戰，在心神受到重創時，仍有如此堅韌的意志，硬是沒有倒下去。

他暗自吁了口氣，忖道：「這小子好硬的脾氣、好厲害的功夫，人又長得如此俊，怪不得連婕兒那等高傲的性子，也會傾心於他。」

他眼見石砥中手持短劍，又緩緩地站了起來，同樣堅強的生命力，與這種全身都洋溢著一種神秘的怪異能力，不由暗忖道：「像他現在這超過我們，而位居武林第一的高位……。」

他思路一轉，繼續忖道：「而且婕兒和東方剛那老兒的寶貝女兒也都對這小子有情，我若不除去他，將來可要被天下人笑話我西門熊的女兒與媳婦去爭同一個男人，而且錡兒又不爭氣，若是將來連老婆都管不住，只好眼睜睜地看著自己的老婆偷人了！」

西門熊思念如同電馳雷行，極快地在腦際一轉。

頓時，他臉上的殺意更濃了，他深吸了口氣，忖道：「現在我若不趁他來不及施出毒功之際，先以『冥空降』奇功將他擊斃，否則他日相遇，便無法如此容易便把他擊傷了！」

他運勁一抖，「格格」數聲輕響，全身骨骼好似龐大了不少，衣裳立即高高地鼓起。

石砥中頭髮披散，胸前盡是血污，灰塵附滿了身上，但是他卻仍舊肅然挺立。

他那緊抵的嘴角，有兩道堅毅的弧線，從他斜飛如劍的雙眉，可見到他不屈的意志，他並沒有因為面對這強敵而皺一下眉頭。

第十五章 摧肝斷腸

劍尖微微斜指蒼穹,石砥中左手平扶著劍柄,好似劍重千鈞,單手持劍力不可勝一樣。

西門熊見到對方所擺的架式,知道他將要擊出「劍罡」了。

他雙掌一合,交於胸前,身形倏然一轉,有似陀螺一樣,旋轉開去。

剎那之間,勁風迴旋,激蕩如潮,飛散開去。

石砥中臉色凝重,他眼見西門熊這種樣子,知道那邪門「冥空降」奇功便將施出。

昔日他在沙漠時,曾被這急速迴旋所產生的漩渦擊得飛出數丈,幾乎死於狼吻之下。

此刻,他目光如炬,炯炯地凝視著西門熊,預備在對方擊出「冥空降」時,能順著迴旋的力量,脫出那萬鈞的勁道。

西門熊臉孔漲得通紅,滿頭長髮都根根豎起,他大喝一聲,雙掌交揮而出。一片淡淡的紅霧飛出,那揮出的雙掌,頓時停在空中——

就在他大喝之際,石砥中也大喝一聲,斜身一滑,臉上湧起一絲痛苦之色,劍刃急速掠過空中,顫起一陣「嗡嗡」輕響,劍尖顫動處,一圈光暈升起,寒芒颼颼,劍氣逼人⋯⋯

「嗤——」

如同灼熱的鐵投入水中，發出一陣長嗤聲，那淡淡的紅霧被一輪飛起的光暈一照，立即便消失在空中。

西門熊怒目凝視，停在空中的雙掌拐出一個大弧，陡然劈下。

那一輪光暈乍閃即沒，迴旋的氣勁似乎是全被束住，未能往四外散開。

西門熊這疾發電閃的劈下，正好劈開了這短暫的均衡，陡然之間，一個個氣渦又立即迴旋開來。

「呃——」

石砥中滿頭大汗，他雙手捧著長劍，彎成弓形，石砥中再也握不住，雙掌虎口一麻，長劍脫手飛去。

西門熊長眉斜軒，劈下的雙掌往外一繃。

「啪！」

西門熊大聲喝道：「第七招！」

他反掌一拍，擊中石砥中胸部。

「砰！」的一擊，石砥中慘叫一聲，吐出一口鮮血，飛出三丈開外，一跤跌倒地上。

西門熊仰天哈哈一笑，自言自語道：「這下你可活不成了！」

第十五章 摧肝斷腸

他話聲一了，便待上前去結束石砥中的性命。

突然之間，石砥中呻吟了一聲，緩緩抬起頭來，他那散亂的頭髮中，兩顆眼珠變成碧綠。

駭人的碧光炯炯射出，包含著無限的恐怖……。

西門熊身形立即一窒，他心頭一震，知道石砥中這種現象便是要施出毒門奇功來了。

剛才他曾與石砥中對上兩掌，險些讓那毒性自皮膚循著毛孔滲進體內，此刻又見到石砥中這種神情，不由警惕起來。

他卻知道現在自己毫無剋毒之法，眼見石砥中便可脫逃了。

他雖不知道為何石砥中會對上兩掌時而正常、時而變成這種目射碧光的原因，但是他暗自惋惜道：「真可惜呀！只差這麼一掌功夫，他便非死不可。」

他心裡正在惋惜之際，突地發覺石砥中眼珠中的碧光又漸漸淡去。

他臉上浮現狠毒的神色，凝掌聚勁，便待劈死石砥中。

倏然——

一聲大喝，五條人影在陽光下急奔而來。

第十六章 天毒攻心

西門熊獰笑一聲，掌勁陡然一發。

「咻！」

一道金光破空射來，直往他手掌射到。

他微微一驚，注目一看，只見是一條長約兩尺、通體燦亮的金蛇，那火紅的尖舌正自伸出老長，尖銳的毒牙也森然戟立，往他手上咬來。

那條金蛇來勢迅捷如電，轉眼便已經撲到他的手上。

西門熊低喝一聲，掌心之中發出一股勁力，朝金蛇劈去。

誰知他發出的勁道方一擊出，有如劈在一條細絲上一樣，一點力道都沒用上，自金蛇身上滑了開去。

金蛇在空中一曲一扭，激彈而起，朝他臉上咬來。

第十六章　天毒攻心

西門熊微微一凜，他咦了一聲，上身稍側，曲肘回空劃一圈弧，右手小指一挑一勾。

那顫動的小指正好敲中金蛇七寸之上，頓時將金蛇擊落地上。

他低喝一聲，左足跨前一步，左掌一立，方待劈下。

豈知那條金蛇在地上一彈一射，又迅捷無比地朝他胸前咬去。

風聲一響，西門熊立即警覺地移身回步，轉開三尺。

但是金蛇一張毒牙，已將他衣袍咬住。

他心中一驚，沒想到自己那有似鋼條擊出的一指，卻沒能將這條小小的金蛇打死。

電光石火的剎那，他五指齊飛，「嗤！」的一聲，將衣衫一角割去。

那交叉揮去的兩指，已迅速地將金蛇七寸捏住。

他方待用力捏斷金蛇，豈知「噓！」的一響，金蛇噴出一口淡淡的白霧。

西門熊一驚，忖道：「沒想到一條小小的金蛇，竟會練有內丹毒氣。」

他立即將氣息閉住，右手一揮，將金蛇擲出數丈。

他腳下立即移開五尺，避開那股毒氣。

就在他身形移動之際，背後喀的一聲，一股雄渾的勁道擊撞上身。

西門熊怒火勃生，他冷哼一聲，頭也沒回，反掌一揮，大袖平飛而出。

「砰！」他身形微微一晃，只覺那股勁道剛強猛烈，自己隨意揮出的一掌，竟然幾乎抵擋不住。

他眼梢一斜，已見到自背後偷襲的是一個矮胖的老頭。

天蟆鄭鑫雙膝曲立，有似一隻大蛤蟆，喀的一聲怪叫，又是一股勁道推出。

西門熊冷哼一聲，聚勁豎拳，身形一旋，「五雷訣印」剛猛的勁道如山洪傾瀉，滾滾而出。

天蟆鄭鑫不知道這滿臉虯髯、威猛高大的中年大漢，乃是邪門第一高手「幽靈大帝」西門熊。

他心中正在吃驚之際，已見到對方握拳直搗而出。

那轟轟的拳勁激動空氣，發出低沉的吼聲，使得他有一種窒息的感覺。

他大驚失色，沒想到天下會有更甚於自己「蛤蟆功」的剛猛勁道。

倏然，他腦中轉過許多念頭，然後他大吼一聲，提起渾身力勁，撞擊出去。

就在他聚勁揮掌之際，耳邊聽得天蜈顧通叫道：「三弟小心，那是青海海心山的五雷訣印。」

但是話音未了，他已被那千鈞勁道撞上。

第十六章 天毒攻心

轟然一聲巨響,他心脈大震,「喀吱!」一聲,手肘關節脫臼,整個身軀飛出數丈,一口鮮血噴將出來。

天蛇劉龍接住自空墜落的鄭鑫,已見他臉如白紙,氣息微弱。他伸手進懷,摸出一個玉瓶,飛快地從裡面倒出幾顆丸藥,捏開鄭鑫腮頰,將丸藥放進他的口中。

天蜈躍將過來,沉聲問道:「怎麼啦?」

天蛇劉龍抬起頭來,道:「內腑震傷,雙臂脫臼。」

天蜈顧通道:「把他關節脫臼接上,你看好他!」

他身形移動,躍出兩丈,來到西門熊面前。

西門熊冷冷地望著這五個老頭,他剛才雖然將鄭鑫打得吐血,但是卻依然不敢稍微輕視這五個行動詭異、蓄有毒物的老頭。

天蜈顧通側眼一看,只見天蠍孫錚和天蛛洪鍊都站在石砥中面前,臉色凝重地盯著西門熊。

他問道:「二弟,掌門人怎樣了?」

天蛛洪鍊道:「石掌門受了內傷⋯⋯。」

西門熊詫異地忖道:「石砥中這小子何時又成了一派掌門?」

天蜈顧通嗯了一聲,緩緩回首,目光望著西門熊。

幽靈大帝西門熊有似嶽立淵峙般地挺立著，他虎虎生威，昂然凝注著天蜈顧通，也沒有開口說話。

天蜈顧通道：「閣下可是來自青海幽靈宮？」

西門熊應聲道：「不錯！」

天蜈顧通目光一轉，看到西門熊右手手指上一個烏黑碩大的指環，暗自一驚道：「閣下是幽靈一派掌門幽靈大帝西門熊？」

西門熊傲然道：「不錯！老兒，你是何門派的？」

天蜈顧通肅然道：「小老兒毒門弟子！」

西門熊雙眉一聳，目中神光暴射，看到跌坐於地的石砥中，似是很驚奇對方是毒門弟子一樣。

他目光斜移，暗中冷哼一聲。

他沉聲道：「毒門已久絕江湖，難道還沒有死絕？」

他這句話使得毒門五聖都勃然大怒。

天蜈顧通怒極反笑，長嘯一聲，將心裡的怒氣抒發出去。

西門熊冷冷地道：「你鬼叫作什？」

天蜈顧通大吼一聲，身形一動，躍起空中，有似百足蜈蚣，揮動那齊集的巨足，飛撲過去。

西門熊冷哼一聲，道：「邪門小技也敢在此班門弄斧！」

第十六章　天毒攻心

他單臂一掄，急劃而出，剎那之間連出兩式。

顧通身在空中，眼見西門熊身形未動，單臂劃出之際，已將所有空門塞住，不容自己攻入。

他全身一傾，在空中滾開，自側面攻出三掌。

西門熊低喝一聲，曲肘一撞，手臂揮處，五指倒拂而出。

顧通身形方始錯開，要自側面攻將進去，卻不料西門熊目光犀利，已看出他要攻擊的位置。

那撞出的一肘，去得神妙無比，一股風勁，正好搗在顧通空門之處。

而那肘勢所及之處，已封住了顧通進招之勢。

顧通大吃一驚，沒料到西門熊武功如此高強，他深吸口氣，方待躍將開去——

西門熊喝道：「往哪裡去！」

他目送飛鴻，手揮五弦，輕柔神妙地倒拂而出，正好湊上顧通移動位置。

「嘿！」

天蛛洪鍊大喝一聲，似是帶著一條無形的蜘蛛絲，泛空倒射而出。

天蠍孫錚身如圓球，滾將過來。

他雙足起處，已悄無聲息地連踢十二足，足影紛紛，奧妙無比。

西門熊五指一揮，正好抓住顧通衣袍，指力一發，即將擊中顧通身上要穴。

驀然，他的眼前，一道烏黑的影子飛掠過來，將他視線齊罩住。

那舞動的四足，好像一隻大蜘蛛一樣，挾著一股腥風撲下。

他微微一讓，左掌一揚，急劈而出，右掌仍然原式不動抓著顧通的身子。

「啪！啪！」一連兩掌相觸，洪鍊怪叫一聲，倒空翻起兩個大筋斗，跌飛開去。

西門熊掌式一出，手掌突地微微一麻，他略一錯愕，顧通已用力一掙，跌落地上。

「嗤啦——」

顧通前袍半邊都被撕裂，他一跤跌倒地上。

動作都是在一刹那之間所完成的，顧通跌倒地上時，西門熊手掌已是一麻。

他目光一瞥，已隱約看到指尖上兩個小孔正在流著烏血。

「嘿！有毒！」這念頭在他腦中一掠而過，他立即將心情嚴肅起來。

他目光犀利無比，一眼便看清楚那是一條長約一尺的大蜈蚣。

陡然之間，孫錚連踢十二足，神妙莫測地將他身前進攻之式齊都逼退。

那迅捷的足尖，好似無數支鐵鑿朝他飛來。

第十六章 天毒攻心

西門熊沉身移步，剎那的工夫連退六步，方始閃開那奧秘的十二足。

他右手兩指連點兩下，閉住了左手的經脈，猛然之間，右手一圈一勾，將孫錚踢出的第十三腿擒住。

敢情他見到孫錚兩腳之上穿著的是一雙鐵鞋，那鞋上烏光閃閃，好似浸在毒藥中淬鍊過似的，所以又趕緊放開了手。

就在他振臂之際，那條火紅的百足蜈蚣已急射而至，「嗡嗡」聲裡，一股腥風撲了上來。

他沉聲一喝，手肘一沉，中指曲起，覷準那蜈蚣射來之勢，一指急彈而出。

「噗！」

那條蜈蚣當頭被一指擊中，立即在空中一頓。

但是那兩條長鬚一陣搖動，立即又飛射而至。

西門熊吃了一驚，沒想到這條蜈蚣竟和那條金蛇相似，渾身鐵殼，不畏自己這穿金裂石的一指。

他輕嘯一聲，右手已伸進掛在袍內的革囊，三支幽靈錐掏了出來。

他身為邪門第一高手，絕藝超群，二十年來都未曾用過暗器，這時因一時疏忽，恰巧碰上毒門五聖一身怪異的毒功，故而左手手掌被天蛛洪鍊毒爪所傷。

他眼見這五個老頭都豢養有如此神異的毒物，所以將幽靈宮唯一的暗器幽靈錐拿了出來。

天蜈顧通嚅唇一吸，「噓！」的一聲，那條火紅的天蜈回空折曲，恍如在人的手掌上。

他臉色凜然站立著，放眼望去，天蟆鄭鑫已站了起來。

他問道：「三弟，你的內腑有沒有受傷？」

天蟆鄭鑫哈哈一笑，道：「大哥，你知道我是個癩蛤蟆，滿肚子都是氣，只要關節沒傷，內腑怎會受傷？」

天蜈顧通肅容道：「這是邪門第一高手青海海心山幽靈一派的掌門人，你可要小心點！」

他目光一轉，投向天蛛洪鍊，道：「二弟，你沒受傷吧？」

天蛛洪鍊搖頭，道：「還好！」

他停頓了一下，道：「大哥！他左手已被我毒指劃傷！」

天蜈顧通沉聲道：「五弟呢？」

天蠍孫錚道：「大哥！我很好！」

天蜈顧通臉色凝重，沉聲喝道：

「長天一點碧──」

第十六章 天毒攻心

其他四人高聲道：

「萬毒滿天地——」

天蜈顧通大聲喝道：「布五毒大法！」

陡然之間，只見天蛛洪鍊伸手一拍胸部，一隻斗大的黑毛蜘蛛伸長著八隻長足，自他衣袍裡鑽了出來。

天蟆鄭鑫蹲身曲膝，雙掌一揮，「咯咯」兩聲怪叫，一隻通體碧綠的大蛤蟆跳了出來，伏在他胯下。

天蠍孫錚伸手進懷拿出一個玉盒，輕輕拍了拍盒面，然後將盒蓋打了開來。一隻火紅的蠍子緩緩爬了出來，跳在孫錚手掌之上。

孫錚卻是臉色一變，想要說什麼，卻又沒有說出來。

天蜈顧通臉上也微微掠過一絲驚詫之意，但是他目光掃過跌坐地上的石砥中時，不由得深吸口氣，凝神注視著西門熊。

西門熊運氣將左手指尖的毒液逼出指外，立即便又將指尖血脈閉住，不讓鮮血流出。

他見到每個人都有一隻不同平凡的毒物，不由得心裡一陣嘀咕。因為這等毒物都是經過特殊飼養，加之又配合上這五個老頭的武功，自然威力不小。

尤其他剛才見識過那毒物的厲害，自然更能瞭解這個大陣布出，其中厲害的地方。

但是眼見那手持紅蠍的老者，臉上曾掠過一絲驚詫之色，這絕不會瞞過他的。他暗忖道：「這五毒陣顯然是他們訓練有素的，但是為何他們臉上會泛過一絲驚懼之色？」

他狡猾無比，腦中意念飛轉，剎那之間，想了不少問題。

天蜈顧通沉聲道：「毒門自隱沒江湖以來，已有二十餘年，今日能得見著邪門第一高手西門林嫡傳的絕藝，果然不同凡響！現在尚要以本門『五毒大法』向閣下領教一下幽靈絕技！」

西門熊臉色陰沉，緩緩望了毒門五聖一眼，道：「本人當很歡迎各位以毒門絕技指教在下，但是⋯⋯。」

他深深地吸了一口氣，又道：「本人做事向來趕盡殺絕，毒門一脈，恐怕自今日開始將自江湖上永遠絕跡！」

天蜈顧通狂笑一聲，道：「恐怕閣下不能脫死亡之途，須知我們毒物蘊有劇毒，稍為沾上一點，也將渾身糜爛而死！」

西門熊大笑道：「好說好說！江湖上漏了你們五人實在不該，看來江湖排名將因你們這五個毒物而變換！」

第十六章 天毒攻心

天蜈顧通知道西門熊這句話的意思，是譏諷他們五人借著毒物之力，就算再強也不會被武林中重視為高手。

他冷哼一聲，道：「毒門一脈當然以弄毒為本分，我想幽靈掌門不會恐懼這區區幾個毒物吧！」

「哈哈！」西門熊手掌一張，五枚幽靈錐平空彈起，「叮叮！」一陣脆響，又落回手掌裡。

他狂笑道：「本人也認為尊駕等五個毒物，也有資格受我一幽靈錐，我這下表明了要以幽靈錐對付五毒，天蜈顧通冷哼一聲，道：「天下毒物種類繁多，豈是你幽靈宮所能瞭解的？我等選擇異種，加以培養煉成這天下最毒的五種毒物，還怕你區區幽靈錐？」

幽靈大帝西門熊冷淡地一笑，眼中露出懾人的鋒芒，他沉聲道：「也許我就可以叫你見識一下幽靈錐！」

他臉上泛過濃濃的殺意，手腕一動，五支幽靈錐在手中跳了起來，像一朵燈花似的爆了開去。

「咻！」烏光閃過空際，朝毒門五聖射去。

天蜈顧通沒想到西門熊會不打招呼便突然發出幽靈錐，他大喝道：…

「攻!」

「嗡嗡……。」

血紅的蜈蚣在陽光下閃著灩激的光霞,朝西門熊飛去。

剎那之間,金蛇「呱」地一聲,展著雙翼,便撲往西門熊而去。

天蛛洪鍊身形一斜,閃過那疾射而來的幽靈錐,滑步飛身,躍起三丈,一抖手間,那八足之蛛牽著一條晶亮的游絲,舞動八條細長的長足,落向西門熊。

西門熊知道這等毒物幾乎都可以吐出毒氣,他閉住呼吸。大袖一拍,一股勁風自袖底升起,朝頭上拍去。

他右手握拳,蹲身運氣,一拳攻出,朝天蟆鄭鑫撞去。

西門熊那道拳勁正好擊中跳躍而起的蛤蟆,「噗!」的一聲,那隻大蛤蟆立時墜落地上。

西門熊中指疾彈而出,一縷指風像是一把利刃劃過天際,朝那隻大蛤蟆腹下劃去。

他知道這五個老頭都不是自己敵手,現在唯一可怕的,便是待石砥中醒來之後,他們聯手而攻,自己便將落敗無疑。

所以他趁石砥中仍自運功療傷之際,先要將那五個老者幹掉。

第十六章 天毒攻心

而這五個老者既是毒門中高手,則必先將那五個毒物除去。

所以他就先下手除去這些毒物。

誰知他一指劃出,只聽「噗」地一響,那縷指風有似碰到牛皮似的,堅韌無比,竟不能將那隻蛤蟆肚皮劃開。

「喀!」的一聲,那隻大蛤蟆仰天翻倒,滾了兩下,身上射出白色的漿水。

西門熊大喝一聲,旋身飛起,有如大鵬,回空騰起六尺。

他這一下躍在天蛛洪鍊頭上,立即便將那些毒物的攻擊都避了開去。

陡然之間,只見他雙掌一立,半空中長嘯一聲,倒瀉而下。

一股淡淡的粉紅色氣勁,立即隨著他飛瀉的身子,發散開去。

旋渦似的氣勁中,隱隱響起了輕雷之聲。

他這下使出的絕技「冥空降」的那門奇功。

顯然,他已經要將毒門五聖置於死地了。

天蜈通大吼一聲,道:「天毒攻心——」

他們左掌按地,右掌仰天,一翻一覆之間,左掌之中一股烏黑的勁氣湧出,似是一陣黑煙瀰漫飛散開去,腥氣立時將四周布滿,五股氣柱似傘撐開⋯⋯。

第十七章 搜穴過宮

毒門五聖仰首望天,神色凝重地望著飛躍於空中的幽靈大帝西門熊。

西門熊虎吼一聲,全身骨骼一陣密響,雙掌急速地劃著圓弧,隨著急躍而下的式子,一蓬淡淡的紅霧瀰然散開。

毒門五聖齊都伸起右掌朝向天空,左掌按地,一翻一覆之間,左掌之中一股烏黑的勁氣湧出。

似是一陣黑煙飛散開去,腥氣立時將四周布滿,五股氣勁似傘撐開⋯⋯

那股粉紅色的勁道迴旋而出,如同颶風飛捲天空,一觸毒門五聖所擊出的那記烏黑的氣勁,霎時便發出一聲震耳的暴響。

轟然一聲,西門熊頷下鬚髯飄飄飛起,全身一震,直飛起十丈多高⋯⋯

毒門五聖滿頭白髮脫開束髮的環簪,根根披散開去,他們臉色鐵青,木然

第十七章　搜穴過宮

他們的雙足都陷入泥土之中，幾達小腿之深……。

西門熊長吟一聲，衣袍翻起，獵獵作響，如同天神下凡，威風凜凜地急速飛躍而下。

天蜈顧通臉上肌肉一陣抽搐，嘶啞地喊道：「五毒攻心──」

陡然之間，只聽得一陣怪叫自他們口中傳出，那五種毒物齊都躍上他們的手掌之中，仰首向著天空……。

西門熊身在空中，看得清清楚楚，見到這種奇異的情形，他心中一凜，深吸口氣，雙掌回空一叉，急速地揮出。

他身外立時圍繞著一股粉紅色的淡淡薄霧，隨著他雙掌交叉的揮動，而逐漸地變為濃郁。

天蜈顧通可從未見過這種怪異的功夫，他駭然禁不住心裡在打顫。

急速地遊目一看，其他四人也都臉色凝重而驚駭。

腦海之中立時掠過許多念頭，霎時之間，他還是決定奮力一拚。

他嘴唇一合一張，發出一聲怪嘯，短促的嘯音好似夜梟驚啼，刺耳之至。

隨著嘯聲發出，毒門五聖向天高舉的右掌一縮一伸，那五隻盤桓於掌上的毒物齊都飛騰起來。

迎著上躍的毒物，西門熊突地發出一聲厲嗥，濃郁的紅霧裡，五支幽靈錐急射而出。

烏光閃閃，輕咻聲裡，五隻毒物陡然向四外散開。

但是那隻大蠍卻已經被幽靈錐射中，濺出幾點血珠……

就在這個同時，幽靈大帝旋身急轉，那蓬紅霧立即散開。

空氣之中轟轟聲響，好似悶雷響起。

毒門五聖全身如同石柱，挺立於地上，他們只覺頭上有如一座山壁傾倒下來一樣，四周空氣都被旋激的勁風驅走，變為真空……

那股沉重如山的勁道壓下，眼見便將使人肝腦俱裂，粉身碎骨……

他們痛苦地發出一聲喝叫，五掌齊伸，如托千斤地往上一揮。

五道黑色的氣柱凝聚而起，瀰漫四周。

「砰！」

地上裂開一個大坑，沙石激旋，滿空都是。

毒門五聖衣衫被這股風勁掀得撕裂開來，片片碎布掛在身上，露出黝黑的肌膚。

他們身軀搖晃了一下，雙足一軟，齊都吐出兩口鮮血，跌倒於地。

西門熊倒飛出四丈開外，雙足落下之際，一個踉蹌，幾乎跌倒。

第十七章　搜穴過宮

他胸口悶脹，雙臂隱隱發酸，差點抬不起手臂來。

他心裡驚駭無比，因為自從三十年前遇見天龍大帝，曾在千招之上，一招失手而被東方剛打敗之後，數十年以來，他便沒有再碰到過其他敵手了。

誰知他現在已練成了幽靈一脈最具威力的「冥空降」邪門奇功，竟被面前五個老頭子擋住了三大絕招裡的兩招。

雖然毒門五聖算是落敗，但是這種功力也確實令西門熊感到驚懼了。

他正在驚忤之際，突地眼前一道金光閃過，那條發生雙翼的金蛇，已自空中疾射而至。

他勃然大怒，輕哼一聲，道：「真的如此欺人！」

他左手食指疾伸而出，迎向金蛇而去。

那條金蛇張開了嘴，露出白森森的尖牙，便朝西門熊伸出的食指咬去。

「哼！」西門熊食指一曲，反過手臂，朝金蛇敲去。

那枚戴在指上的烏金戒指正好敲在金蛇頭上。

「呱！」金蛇怪叫一聲，跌落地上，不能動彈。

西門熊正待踏死那條金蛇，突地眼前黑影一閃，那隻全身是毛的長足蜘蛛已展著細長的毛足，搭在他的手臂上。

西門熊哼了一聲，身上衣袍齊都鼓起，他曲起右手中指，彈起一縷尖銳的

指風。

「噗！」的一聲，那隻蜘蛛撕起一片布屑，跌落五尺之外。

西門熊一指彈出，已見那隻鼓著肚子的蛤蟆身上射出幾道白漿。

他腳尖一點，不及考慮便躍出兩丈之外。

他身似柳絮，上身不動，腳尖才一落地，便立即飄飛而起，疾如電掣。

身形倒飛而來，他右足平踏而出，已迅捷地將那隻蛤蟆踏住。

「哼！」

他力道一發，立即右足陷入地裡六寸，活生生地將那蛤蟆踏死。

他臉上浮起一絲微笑，正待將右足抬起，突地──

「嗡！」的一響，一道血紅的影子掠過眼前。

他還未及思索，那條血紅的蜈蚣已經撲到臉上。

他已經不能避開，上身一仰，左手一收，護住面門。

電光石火的剎那，他左手小指斜挑而出，擋住蜈蚣急進之速。

霎時，他全身一顫，緩緩地吐出那股閉住的氣。

他的左手小指被那血紅的蜈蚣咬住不放，在陽光之下顯出一種詭異而駭人的情景。

天蜈顧通嘴角掛著一抹淒涼而得意的笑容，他擦一擦嘴邊的血漬，狂笑

第十七章　搜穴過宮

道：「哈哈，西門熊，你將會哀號終日，直到全身糜爛地死去⋯⋯。」

西門熊臉色冷肅如霜，他冷哼了一聲，左手一抖，那根小指齊掌而斷，往空中射去。

血紅的影子在空中一閃，那隻蜈蚣發出一陣怪響，正要振起百足而翔於空中。

西門熊目中神光暴射，右手握拳，將手上碩大指環迎空一揮。

一道烏金的閃光掠過空中，那條血紅的蜈蚣「呱！」的一聲怪叫，斷裂數截，灑起一片鮮血，跌落地上。

西門熊舉足一踏，將那蠕蠕而動的肢體踏住，他輕聲道：「百足之蟲，死而不僵，我就要讓牠化為粉碎⋯⋯。」

他舉起左掌，望了望斷去小指之處，陰毒地一笑，道：「七十多年來，我的身體膚髮從無一處損傷，想不到今日竟被區區毒物所傷。」

他話聲突地一頓，右手一抖，戴在手指上的指環疾飛而出。

那隻長足蜘蛛方始吐出一根晶亮的細絲，便被這枚指環射中。

「噗！」的一響，那隻蜘蛛整個圓圓的大肚都破裂開來，流得一地的黃漿。

西門熊看都沒看，猙獰地狂笑一聲，身形已平飛三丈，落在顧通面前。

他揚起左掌，咧嘴露出白白的牙齒，獰笑道：「現在我要你們狂號終日而死！」

他左掌四指齊飛，奇詭地點住顧通胸前三大穴道。

顧通慘噑一聲，渾身顫抖，剎那之間滿臉鐵青。

敢情西門熊知道毒門中人一定身練毒功，那麼劇毒交迫必能使他們受到緩緩加深的毒性，而致痛苦哀號，到了最後劇毒攻心而死……。

他冷酷地撇了撇嘴，身形如飛，霎時已將天蛛洪鍊全身功力廢去。

洪鍊兩眼俱赤，狂叫一聲，抱著腦袋在地上打滾，全身不斷地顫抖，痛苦無比。

顧通滿頭大汗，臉色發青，連嘴角都已變為烏黑，他喘著氣，嘶啞地叫話聲一了，他右手一捶，震斷自己心脈而死。

洪鍊望著顧通噴出一口鮮血而倒下，道：「西門熊，你好狠的心！」

西門熊冷笑一聲，道：「我姓西門的一向都是心黑手辣。」

天蟆鄭鑫淒然大叫道：「我跟你拚了！」

他轉身撲上，雙臂張開，衝向西門熊而去，欲和西門熊同歸於盡。

道：「各位弟弟，我先走一步了！」

第十七章 搜穴過宮

西門熊手掌如電一拍,迎著鄭鑫的腦門。

「啪!」的一聲,頓時將對方腦殼拍得碎裂成片,鄭鑫未及慘叫,濺得一地的腦漿,便仆地死去。

洪鍊兩眼俱赤,血水已自眼角流出,一蓬血水混著半截舌頭,一齊噴了出來。

話聲未完,一蓬血水混著半截舌頭,一齊噴了出來。

西門熊微微一怔,但是立刻便仰天狂笑,他臉色變得獰獰無比,緩緩走到石砥中面前。

石砥中趺坐於地,他眼中射出憤怒的火焰,幾乎像是要將西門熊燒毀一樣。

西門熊怨毒地道:「小子!我要你眼看著他們在你面前慘死,而你卻無法動彈,無法去救他們……。」

他又嘿嘿冷笑兩聲,道:「我要你飽受精神上的煎熬與肉體上的痛苦,而最後再死於我的掌下。」

石砥中臉上肌肉痛苦地抽搐著,他的牙齒咬得吱吱直響,好一會才迸出一聲道:「西門熊,你好毒啊!」

西門熊冷酷地一笑,道:「我要看著你全身經脈倒縮,然後在深深的痛苦裡慢慢死去……。」

石砥中胸中熱血翻滾，忍不住「哇！」的一聲，吐出一口鮮血。

西門熊正待點住石砥中穴道，卻不料石砥中噴出一口鮮血，正好全都吐在他胸前。

他臉色一變，急忙退出十步之外。

但是他胸前已經沾上幾點血水，他心裡一驚，腦海之中尚未判明自己是否會中毒，腿上已覺一麻⋯⋯。

低頭一看，那條金蛇已不知何時悄無聲息地撲了上來，在自己小腿之上咬了一口。

他心膽欲裂，大吼一聲，俯身揮臂，抓住那條金蛇用力往外一扯，只見他臉上青筋迸起，手臂之上一塊塊的蚯肌，高高隆起，手指如勾，勒住金蛇的身軀。

「嘿！」

他大吼一聲，硬生生地將金蛇撕裂開來，扔去那軟軟的蛇屍，他立即頭昏眼黑，一屁股坐倒地上。

他深吸口氣，一把撿起掉在地上的白冷劍，毫不猶疑地向腿上削去。

他咬著牙，吭都沒吭地將整塊小腿的肌肉割下，血淋淋的連包紮一下的時間都沒有，便盤坐於地，運起功來。

第十七章 搜穴過宮

石砥中看到這種情形,忖道:「我要在他運功完畢之前,便先將內傷療好,那麼,我才有機會替那慘死的三個老人報仇,否則,連我自己也將不保。」

他望了眼天蠍孫錚和天蛇劉龍,只見他們臉上淚痕斑斑。滿頭都是暴起的青筋,顯然正在抵抗著內心強烈情緒的刺激。

這種情形很容易導致走火入魔,甚至氣血枯散而死。

石砥中心裡著急無比,他的腦際閃過不少念頭,但是卻全都要他站起來方能實行的。

他焦慮地喊道:「兩位前輩,你們趕緊定下神來,不要太過於激動,否則會走火入魔……。」

天蠍孫錚嘴唇嚅動了兩下,臉上掠過不少表情,但是他終於克制住自己的情感,緩緩垂下眼簾,抱元守一,導氣歸元,重新又開始運功療傷。

但是天蛇劉龍卻臉現痛苦地搖了搖頭,他右手支地,搖搖晃晃地站了起來。

石砥中臉色一變,叫道:「你……。」

天蛇劉龍臉色慘白,眼中射出怨毒的目光注視著西門熊,他理都沒理會石砥中的呼叫,一步一步地朝向西門熊行走過去。

西門熊仍自低垂著頭,雙手捧著小腹,運氣驅除體內的毒性,在他頭頂浮

起一層淡淡的白霧，凝聚成一團，一點都不分散。

天蛇劉龍走了七步，喘著氣道：「西門熊，你好毒的心……。」

他嘴唇不停地嚅動著，顫聲道：「我要生吃你的肉。」

他低下頭來，拾起地上的白冷劍，緩緩地走到西門熊面前。

眼望西門熊不聞不問的盤膝跌坐，劉龍慘厲地笑了一聲，舉起白冷劍，道：「我要割下你身上的肉來，一片片放在嘴裡咀嚼……。」

他的聲音嘶啞而陰寒，裡面蘊含無限的痛苦與仇恨。

西門熊全身一顫，緩緩地抬起頭來，望了劉龍一眼，又低垂下眼簾。

劉龍只覺那股射來的犀利目光，使得自己心裡像是被利劍深深地插入一樣，不得一愕。

他咬了咬牙，以顫抖的手握緊白冷劍，劈了出去。

西門熊突地冷哼一聲，右手中指疾彈而出，一縷尖銳的指風彈出，直奔劉龍「鎖心穴」而去。

劉龍慘叫一聲，全身一顫，吐出一口血箭，便倒地死去。

西門熊嘴角掛著一絲冷酷的淡淡笑意，緩緩自地上站了起來。

他的小腿上很清晰地可以看見那塊傷疤，但是卻已不見一絲血跡。

他傲然仰視蒼穹，發出一聲高亢入雲的長嘯，嘯聲裡蘊含無限的得意。

第十七章　搜穴過宮

石砥中睜著雙眼，望著西門熊那種不可一世的豪邁氣概，不禁心裡激起了爭強鬥勝的念頭。

他暗忖道：「我一定要打敗你，在天下武林的面前，我要你滿身血污地匍伏在我的腳下……。」

他腦海之中，映著當他記憶剛一恢復便得悉東方剛將東方萍許配給西門熊為媳之事，頓時，他的心中滴著血……。

西門熊目中神光暴射，獰笑一聲，側過頭來望著盤坐於地的石砥中。

他狠聲道：「石砥中，你不會再逃過今天了，從此，你將會自武林除名。」

石砥中雙眉聳起，默然不作一聲，腦海之中已閃過許多意念。

他曉得只要容許西門熊走過來，自己的性命即將不保，毫無疑問的西門熊會親手殺死自己。

一股求生的意念支持著他，使他想到了許多事情，他倏地厲聲叱道：「西門熊！你死到臨頭還敢如此狂妄？」

西門熊一愕，隨即陰沉地道：「這句話該要我向你說的，怎麼要你來告訴我？」

石砥中哈哈一笑，道：「西門熊，你可以察看一下你的『商曲』、『鳩尾』、『膺窗』三穴，看看是否還有什麼異兆？」

西門熊目中射出狡黠的神色，他停都沒停，冷哼一聲，道：「你少在我面前搗鬼！」

石砥中冷冷地瞥了西門熊一眼，道：「你只要稍為再用一點點力，必至氣血崩潰而死！」

西門熊猶疑了一下，臉色仍是十分陰沉，道：「石砥中，老夫行走江湖五十餘年，什麼驚險狡詐的事沒有見過，豈會被你這黃毛小子所騙？」

石砥中見西門熊有點色厲內荏，心知對方嘴裡雖然說不相信，實在心裡是有點疙瘩⋯⋯。

他理都不理西門熊，逕自閉起眼睛，暗暗運功療傷。

西門熊老奸巨猾，驟然見到石砥中如此鎮定，倒也摸不清楚對方是否真的在欺騙自己。

他曉得「商曲」、「鳩尾」、「膺窗」三穴是人身上的重要穴道，稍一差錯，必將真的氣血崩潰而死。

他暗自忖道：「我也不怕你搗什麼鬼，反正我只要運氣查看穴道一下，便可明白是否真個穴道受傷⋯⋯。」

他深吸口氣，運起丹田真氣，直衝「商曲」。

倏然之間，他全身一顫，「商曲穴」一麻，真氣幾乎一洩。

第十七章 搜穴過宮

他心中一驚,趕忙緩緩催動真氣,運過「鳩尾穴」,再經「膺窗穴」,在這剎那裡,這兩個穴道都麻了一下。

他驚詫無比,不知何時,這三個穴道竟受了傷,一時之間他愕住了。

石砥中運功繞體一匝,那些散落於脈中的殘餘真氣,都被他以「搜穴過宮」之法凝聚起來。

他一見西門熊被自己唬住,竟自真的運氣查穴,不由暗笑,忖道:「『將軍紀事』中曾載有藏土瑜珈術練功之法,上面便有記載子午之時,人身的『商曲』、『鳩尾』、『膺窗』三穴會不容氣血流過,在這短暫的半個時辰裡,真氣連闖三穴,必至經脈受害⋯⋯。」

西門熊一愕之下,趕忙放鬆全身,將凝聚的真氣緩緩運回丹田,然後盤膝趺坐於地。

石砥中見到西門熊已趺坐運功,知道這一下非半個時辰,西門熊不會覺察出自己是受了騙。他趕忙瞑目調息,催動真氣運行體內一匝。

×　×　×

約一盞茶的功夫,石砥中睜開眼來,望了望天色,又看了一下仍自盤膝於

地的西門熊。

他暗忖道：「若非剛才我太過傷心，以致損傷了經脈，那麼我決不會遭至如此嚴重的傷害，現在連原來八成功力也不能恢復，至多只能運集原來的六成功力⋯⋯。」

一想到東方萍將被許配給西門錡，他的內心便有如被刀子割去了一塊似的，痛苦無比。

他長長地嘆了一口氣，只覺得自己一切的希望都已經幻滅，將來的一切美夢都已落空。

陡然之間，剛才的那一份淡淡的得意，與功夫未能完全恢復的難過，都已經不放在心裡了。

他站了起來，嘴角浮現一絲落寞的苦笑，茫然昂首仰望蒼穹。

在腦海之中，往事如同潮水一樣，洶湧地奔流而過，使得他的心靈再一次地承受回憶的煎熬⋯⋯。

他的眼角漸漸濕潤，視線漸漸模糊，不自覺地，又落下兩滴淚水⋯⋯冰涼的淚珠滑過臉頰，使得他精神一振，醒了過來。

「唉！」他擦了擦眼淚，嘆了口氣，道：「英雄有淚不輕彈，我又為什麼要掉眼淚呢？」

第十七章 搜穴過宮

他移開視線,喃喃地道:「萍萍,我只得暫時忘掉你了。」他痛苦地自感情的深淵裡掙扎了起來,將自己的意識帶回現實。

方一瞥見西門熊盤坐的樣子,他才想起了自己施計欺騙之事。

他走了過去,只見孫錚臉色通紅,全身微微顫抖著,滿頭都是大汗……。

他吃了一驚,趕忙伸出右掌,貼住孫錚背心,催動真氣,自「命門穴」攻入孫錚體內。

孫錚身子一顫,睜開眼來,石砥中沉聲喝道:「趕快澄清雜念,收斂心志,抱元守一,沉氣丹田之中,否則即將走火入魔!」

孫錚心神一凜,趕忙棄開雜念,借著石砥中之助,靜靜運起功來。

好一會,石砥中吁了一口氣,拿開貼在了孫錚背心上的右手,站了起來。

孫錚也呼了口大氣,自地上站了起來,他擦了擦滿頭的汗水,道:「謝謝掌門人的救治。」

石砥中揮了揮手,道:「你不必稱我為掌門人……。」

孫錚訝道:「那麼掌門人你的雙眼……。」

石砥中苦笑一聲,道:「為什麼我眼中會射出碧綠的光芒?」

他皺了皺眉頭,道:「我也不知道這是怎麼回事!」

孫錚一時之間也摸不清這到底是怎麼回事，但是當他的目光稍為一轉，頓時臉色大變起來。

他悲憤地一嘯，雙掌一分，十指箕張，兩寸多長的指甲立時伸長起來，有似十支小劍森立。

石砥中一把將孫錚揪住，喝道：「不要造次！」

孫錚一怔，立即怒道：「你幹什麼？」

石砥中抬頭望了望穹空，臉色凝重地道：「你千萬不能走上前去，否則你也將和其他四人一樣，被西門熊打死⋯⋯。」

他伸手到革囊裡，掏出五支金羽，抖手之間喝道：「西門熊，看我金羽！」

西門熊聞聲睜開眼睛，已看到五支金羽飛射而來。

他濃眉一聳，盤膝之式不變，平空移出四尺之外。

石砥中身形隨著金羽射出，他利用西門熊閃躲金羽之際，俯身撩起地上的白冷劍，順著斜衝之勢，一劍急劃而出。

飛旋的金羽迴繞在西門熊的身前，他卻因聽了石砥中所說的話而不敢運氣發掌，故而一時之間，很是狼狽。

他剛閃開激射的金羽，石砥在一劍已經斜削而至。

「嘿！」西門熊低喝一聲，雙膝仍然盤坐，上身斜側五尺，迅捷地讓了

第十七章 搜穴過宮

一道劍光在他胸前不足七寸之處劃過，石砥中悶喝一聲，雙足滴溜溜地一轉，劍尖圈起一個小弧，筆直地急射而去。

他這一式乃是「將軍十二截」裡第八式「將軍射虎」，劍式凌厲，快逾電光。

西門熊只見眼前三支劍尖分指自己身上三個穴道，迅捷地刺了過來。

他還在猶豫是否要起身揮掌，但是劍尖已經距離他的左胸心臟不足四寸，急忙之間，他朝右一讓。

「呃——」他痛苦地呻吟了一聲，不及考慮，一掌拍出。

石砥中一劍刺出，卻被對方一讓，還未能刺中心臟。

他悶聲不吭，左手帶起孫錚，喝道：「走！」

劍尖深刺入骨，西門熊胸前立即流下鮮紅的血水，他狂吼一聲，站了起來，望著石砥中飛躍而去的身形，他氣得吐出一口鮮血，飛身追趕而去。

在他胸前仍然插著那柄白冷劍⋯⋯。

第十八章　橫琴弦雨

清晨，陰沉的穹空，從東南的一角，射出一道陽光。

淡淡的陽光灑落在高高的竹梢上，使得青翠的竹葉在這冬日的清晨顯得更加有生氣……。

密植的竹林，將一幢幢的樓閣都圈在裡面，那紅色的磚牆在竹林裡，覆蓋一層薄薄的積雪。

碎石小道上，一塊塊的怪石堆砌在路旁，還有一根根竹桿插在地上，縱橫交叉，零亂雜錯。

過了這條碎石子小道，可看到高聳的圍牆邊的一角月亮洞門，紅漆的大門上，兩個獸形鐵環閃著烏黑的亮光。

微風穿過竹梢，發出一陣簌簌的聲響，竹枝搖曳，掉落了許多枯黃的

第十八章　橫琴弦雨

石砥中自樓房裡走了出來，穿過一個月亮洞門，踏上一條整潔的麻石階梯，來到圍牆邊。

這時，兩個中年僕人正在打掃庭院裡薄薄的一層竹葉，以及昨晚落下的新雪。

他們看到石砥中負手行了過來，都一齊尊敬地道：「石公子早！」

石砥中點了點頭，微微笑道：「你們起得早。」

「嗯！」那左一個大漢仰首望了望天空，道：「還有幾天便是年三十了，看來這種天氣會繼續到過年⋯⋯。」

石砥中點了點頭，暗自忖道：「真沒想到我會在這裡過年，唉，人生變幻無常，誰又能預料得到明天究竟如何？而明日又有什麼事會發生？」刹那之間，一股哀愁泛上心頭，他只覺得自己有似一片浮萍，在茫茫人海裡，隨著命運的擺布，而隨意東西。

他的臉上霎時便浮起落寞孤寂的神情，默然沿著圍牆行走開去。

那兩個僕役凝望著他落寞寡歡地離去，臉上都不約而同露出憐憫之色。

半個多月以來，他們每天都可看到石砥中那種孤寂寥落的神態，也可自他那經常皺起的雙眉間看出他的不歡的情緒來⋯⋯。

「唉！他為什麼這樣憂鬱不歡呢？」他們心底泛起這個疑問。

石砥中輕輕嘆了口氣，忖道：「唉！我又為什麼一直如此憂鬱不歡呢？」走了幾步，他抬起頭來，望著被白雪蓋滿的屋頂，以及自飛簷上掛下的一根根冰柱。

淡淡的陽光投射在冰柱之上，反射出晶亮璀璨的奪目光芒。流漾不定的霞光，閃耀著絢麗的色彩，使得石砥中身形為之一頓。

他看了一下，暗自忖道：「像這樣絢麗的光芒，卻是浮幻不定的，根本不能追尋，有似甜蜜美麗的愛情，短暫而不可捉摸，唉，往事如煙，前塵似夢……。」

他雙眉皺起，湛清的眼睛裡射出的眼光漸漸迷茫，一股意念在他心底滋生。

他舉起手來，輕輕摩挲著衣裳上柔軟的細毛，白色的輕裝使他有一種柔和滑膩的感覺。

他的思緒似流水般的流過腦際，他暗自忖道：「人生何嘗不是如夢一般，往往在過去的時候，才能感到喜樂與悲哀，但是卻又總是無跡可尋……。」

他自言自語道：「像彩虹、流星、雲花，凡是美麗的夢，總是短暫的，一切的美麗，都因短暫而增加了深深的哀愁，而顯得更加令人憶念……。」

第十八章　橫琴弦雨

一陣寒風吹來，竹葉發出簌簌的輕響，搖曳的竹枝互相磨擦，軋軋的聲音不停地在耳邊響起。

他輕輕地搖了搖頭，足尖在地上劃了一個個圓弧，細沙上清晰地現出了這些痕跡。

浮在細沙上的一層薄薄的新雪，將他的鞋履都沾濕了，但是他卻似沒有感覺到一樣，依然輕輕地劃著弧線。

猛一抬頭，他看見櫛比鱗次的高樓上，一扇窗子打開了，裡面有一個雲鬢高聳、滿頭玉簪的少女，正自倚著窗櫺，往這邊望了過來。

石砥中很清晰地看見插在那少女頭上的金鳳凰，也可看清楚那淡紫色的斗篷上的花紋……。

但是他的目光僅與那少女一觸，便飛快地移了開去，然後緩緩地轉過身來。

他暗忖道：「我不須要任何人的同情，也不須要任何人憐憫，我就是我，一個頂天立地的男子漢！」

但是一想到東方萍被許親給西門錡之事，他頓時便有了英雄氣短，兒女情長的感覺，一股哀愁馬上湧上心頭，他向大門走去。

轉過身來，

那個月亮洞門緊緊地關閉著，石砥中走了過去，將撐門的棍子取了下來，然後拉開大門走了出去。

眼前便是那錯綜雜亂的石塊竹枝，在碎石子小道前，一塊巨石擋著，正好將小道封住。

石砥中負著手，望見這散布得錯亂不一的竹枝和大石，淡淡地一笑，忖道：「想不到我苦修的布陣之學，會運用到這裡，這樣一來，這萬毒山莊再也沒有人能夠進犯了！」

他輕輕咬了咬嘴唇，忖道：「總有一天，我會將西門熊困在我所布的陣中，讓他嚐嚐受到挫敗的滋味！」

他踏進所布的「九曲玲瓏陣」，身形進退之間，瀟灑地行過這一段路程，走出竹林之外。

滿地枯黃的竹葉，遠看過去，一層薄薄的新雪將大地蓋滿，長安城在一望無痕的雪地盡頭。

他遙望著長安，想到了當日與東方萍在客店裡相聚時的情景，也記起她的淺笑，她的嬌羞……

目光茫然，他沉湎在往事的回憶中。

良久，他曼聲吟道：

第十八章　橫琴弦雨

「長相思，在長安，絡緯秋啼金井闌，微霜淒淒簟色寒；孤燈不明思欲絕，捲帷望月空長嘆，美人如花隔雲端。上有青冥之長天，下有綠水之波瀾；天長地遠魂飛苦，夢魂不到關山歡，長相思，摧心肝！」

他緩緩閉起眼睛，自眼角有兩滴淚珠湧出。

他搖了搖頭，嘆了口氣，道：「唉！天長地遠魂飛苦，夢魂不到關山歡，長相思，摧心肝，那悠長的相思是摧人的心肝呀！」

他正在痛苦地忍受相思的煎熬，突地身後一聲輕笑。

他一個大旋身，猛然翻轉過來，雙掌微拂，已將身前空隙封住。

「咭！」那站在他面前的小孩輕笑道：「石公子，你一個人在這又唱又念地跟誰說話？」

石砥中一見是天蠍孫錚的唯一孫子，頑皮無比的孫玉陵，不禁為自己大驚小怪而感到好笑起來。

他放下雙掌，問道：「玉陵，你出來做什麼？」

孫玉陵那粉紅色的臉蛋綻起一朵笑容，他摸了摸頭上的丫角，道：「有件事要找你！」

石砥中問道：「可是你爺爺要找我？」

孫玉陵搖了搖頭，烏溜溜的眼睛中閃過一絲狡黠的目光，笑道：「你猜

「猜看？」

石砥中苦笑道：「你還會有什麼事找我？還不是想要我傳授功夫給你？」

孫玉陵嘟著嘴，搖了搖頭，道：「絕不是為了這件事找你，但的確有人找你有事！」

他目光一轉，看到石砥中眼角的淚珠，他詫異地問道：「石公子，你剛才哭過了」

石砥中袍袖一揮，將掛在眼角的淚珠擦去，他裝著不懂地問道：「你說什麼！我什麼時候哭了？胡說！」

孫玉陵眼睛睜得老大，不信地道：「我就明明看到你眼角有淚珠，不是你哭了，難道還是我哭了不成？」

石砥中曉得這個小傢伙聰明無比，他咳了一聲，肅容道：「別再叫我猜了，你知道我是個大笨蛋，總是猜不到你要說什麼？」

孫玉陵一嘟嘴道：「哼！你別騙我，爺爺說你是天下第三大高手，當然聰明得很，而且我姊姊也說……。」

石砥中輕輕摸了摸孫玉陵頭上的丫角，問道：「你姊姊說什麼？」

孫玉陵目光眨了兩下，搖搖頭道：「我不跟你說！」

石砥中目光閃了一下，道：「既然你不跟我說，那麼也就算了，我也不想

第十八章　橫琴弦雨

　　知道，回去吧！」說著，背起手來便往外走去。

　　孫玉陵一愕，趕忙拉住石砥中，道：「你別走，我告訴你！」

　　他悄聲道：「姊姊她說你長得最漂亮，是天下第一美男子！」

　　他咧開小嘴，笑道：「她還替你畫過一張像呢！我看到了，好像喲！」

　　石砥中哦了一聲，道：「真有這回事嗎？」

　　孫玉陵點頭道：「我絕對不騙你，不信，你可以跟我去看看！」

　　石砥中眉尖一聚，他的眼前浮起那嬌柔美麗的倩影來。

　　其實說來，他歷經不少美麗女孩的眷顧，但是，每次他都因為心裡鍾愛著東方萍而漠然視之，他又何嘗不能從孫婷君那脈脈含情的眼神中看出她心裡的意念？

　　自他來到這個莊裡，他的眼前多次看見孫錚的孫女，但是他的整個心靈正陷落在痛苦的深淵，沒有那種好逑之心，所以也就漠然無視於孫婷君的綿綿柔情。

　　他說道：「你別把這話說出去，我要傳授你布陣之學！」

　　孫玉陵高興地點點頭，道：「我一定不告訴別人，石公子，你這陣法真好，昨天我用竹枝擺了個『五行陣』，把孫福、孫定給關在裡面，讓他們在裡面轉了好半天，好久才放他們出來⋯⋯。」

　　石砥中沒想到自己教給孫玉陵的布陣之法，會被他用來戲弄家人。

他心裡又好笑又好氣，肅容道：「玉陵，我跟你再三說過，千萬不能用來戲弄別人，你老是這樣，我下次再也不教你了！」

孫玉陵慌道：「石公子！我下次一定不會這樣。」

他辯解說道：「昨天是孫福他們要叫我到丹房裡去打坐，我可不耐煩，每次坐在那裡，非要幾個時辰才能出來，連動都不能動一下，真要了我的命！」

石砥中正色道：「玉陵，你可知道坐功是一切內家武功的基礎，千萬不能因為貪玩而疏忽了，不然以後再也不能躋身武林高手之林。」

孫玉陵肅然點點頭，道：「我一定不再貪玩了，我要練好武功，替爹爹報仇！」

石砥中目中射出炯炯神光，道：「西門錡！我也不會放過他的！」

孫玉陵一拉石砥中衣袂道：「石公子，你不要殺了他，讓我長大了好替爹爹報仇！」

石砥中輕嘆口氣，搖了搖頭，道：「我與他仇恨纏結，不能甘休……。」

他狠聲道：「我絕不會放過他！」

石砥中被石砥中這種神態懾住了，他默然低下頭來。

石砥中喃喃地道：「我與他有不世之仇，此仇不報，非君子也！」

孫玉陵抬起頭來，道：「石公子，你做我師父好嗎？傳授我武功，然後我

就可以替你報仇,也同樣地可以替我爹爹報仇!」

石砥中笑道:「你說得真不錯,但是你想想,等你學成了武功,我該有多老了?我怎麼等得及?」

孫玉陵一愣,眼珠轉了一下,問道:「石公子,為什麼你才來的時候是我們的掌門,而現在又不是了呢?」

石砥中道:「那是你爺爺認錯了人了,他們以為我是碧眼尊者的徒兒,所以才會認為我是毒門掌門。」

「哦!」孫玉陵恍然道:「怪不得我在想,我怎麼會有這麼年輕的師祖呢?」

石砥中伸出手去,輕輕地摸了摸孫玉陵的頭,問道:「玉陵,你說有事找我,到底有什麼事?」

孫玉陵道:「我跟你說了,你可要教我陣法啊!」

石砥中點點頭道:「我絕不欺騙你!」

孫玉陵眨眨眼睛,道:「我姊姊要我來接你去怡碧樓。」

石砥中道:「原來只有這件事呀!」

他又搖搖頭道:「我還要去練功,不能去⋯⋯。」

孫玉陵急道:「姊姊說有非常重要的事,非要你去一趟!」

石砥中皺了下眉頭，心中轉過許多念頭，方始道：「好吧！我就隨你去一趟！」

孫玉陵也皺起眉頭，道：「不！我要到爺爺那邊去，而且姊姊也只要你一個人去。」

石砥中暗忖道：「到底她有什麼事要找我？」

他拉著孫玉陵，回頭朝莊裡走去。

進了月亮洞門，他反手便將大門關上，對孫玉陵道：「見到你爺爺，代我問他好！」

孫玉陵點了點頭，飛奔而去。

×　　×　　×

石砥中抬起頭來，只見天色漸漸開朗，陽光遍灑各地，僅只靠北一角濃雲密布。

他的視線轉到那座高樓，只見孫婷君仍自倚著窗櫺，仰望著天空。

一縷陽光投射在她的臉上，使她如玉的粉臉顯得更加瑩潔，微風吹得她的頭髮散亂地飄拂著，連她頭上的金鳳凰也都顫抖地搖動著。

第十八章　横琴弦雨

石砥中身形一頓，目光凝聚在那搖顫的金鳳凰上，好一會才緩緩地移向那髮絲飄拂的嬌柔的臉靨上。

那個少女伸起手來，輕輕地拂了拂飄浮在臉上的髮絲，目光一轉，瞥見了石砥中。

她那細長的眉梢一陣微皺，眼光裡含著一股淡淡的幽怨⋯⋯。

石砥中的目光與對方一觸，心頭一震，頓時興起了一陣奇異的感覺。

他的心湖激起兩點漣漪，但是很快地就又平靜下來，他暗自嘆道：「我是不能再愛其他的女孩子了，只有辜負你的一番情意。」

那倚在窗前的少女仍自凝神地往這邊望來，但是她的臉頰上已經帶著嬌羞的紅暈，這使得她更加美麗了。

石砥中趕忙低下頭來，匆匆地沿石階行去。

那個少女見到石砥中這種樣子，幽幽地一嘆，垂下了眼簾，自那長長的睫毛底，流下兩滴珠淚。

她拉了拉披風，紫色的影子一閃，自窗口消失⋯⋯。

石砥中登上石階，越過迴廊，來到怡碧樓前。

他猶疑了一下，舉起手來正待敲一敲門，眼角已掠過一道人影。

他側身一看，見到那閃現在牆角後的人影，正是莊裡所聘用的師爺李

文通。

「咦？」他暗忖道：「他來這裡做什麼？」

自他來到這莊裡療傷後，不久便發現其中一個長相頗為英俊的年輕人行動很詭異。待他在莊裡待了兩天後，方才知道這個長相頗為英俊的年輕人，卻是本莊的師爺。

「嗯！」他繼續忖道：「怪不得我第一次望見他，便覺他不像一個文人，敢情他還真會武功，否則不會在我一看之下，便如此快速地閃躲開去！」

他微微皺了皺眉，忖道：「他既然可算是武林高手，又為什麼要假裝自己不會武功，而遁居於萬毒莊裡？莫非他有什麼陰謀？或者有其他不得已的苦衷？」

就在他忖思之際，「呀」地一聲，那扇門已被拉了開來，從裡面飛奔出一個梳著雙髻的小女孩來。

「啊！」那個丫頭吃了一驚，倒退了一步，隨即歡喜地道：「原來石公子你已經來了，小姐還要命我去請您呢！」

石砥中點了點頭，道：「你們小姐在裡面？」

那丫鬟道：「我們小姐已等了您好久了……。」

她斂一斂衽，道：「公子裡面請──」

第十八章　橫琴弦雨

石砥中邁開大步走了進去，一進門便聞到一股淡淡的馨香，他目光瞥處，已見几上擺著一個紫銅獸爐，熄熄的一縷青煙升了上來，將芬芳的香氣散發在室內。

「叮——」一聲輕脆的琴音自內室傳來。

那丫鬟叫道：「小姐！石公子來了。」

石砥中走到椅子旁邊，抬頭看到牆上掛著的畫，突地，他吃了一驚，忖道：「這些畫怎麼都是她畫的？想不到她會有這一手絕藝。」敢情那些畫上題的柳體楷書，落款人都是寫著「孫婷君」三個字，字字清秀，纖細而工整，頗俱功力。

「石公子！」一聲嬌婉的呼聲自他身後傳來。

石砥中條然回過頭來，只見孫婷君已將紫色的披風脫去，露出裡面的白色衣裳，正自微斂身子，向著自己。

他慌忙一揖，道：「孫小姐——」

他停頓了一下，才道：「不知孫小姐召喚在下有何見教？」

孫婷君姍姍地走前兩步，道：「石公子請坐——」

她側首道：「小桃，還不跟石公子奉茶！」

那丫鬟應了一聲，自內室將茶盤端了出來，放了兩杯茶在小几上。

石砥中的眼光自孫婷君那纖細的手指上瞥過，投在淡紫色的地毯上。

孫婷君緩緩縮回手去，輕聲道：「石公子用茶。」

石砥中應了一聲，將目光收了回來，他問道：「請問小姐召喚在下，是……。」

孫婷君曼聲道：「小妹我最近做了一曲，想請公子批評一番，恐怕不能……。」

石砥中欠身道：「在下對於音律之學素無研究，恐怕不能……。」

孫婷君微微一笑，道：「公子多謙了，素聞公子是當今武林三君之首七絕神君之徒，而七絕神君也以操琴之技列為七老之一，當然公子一定不同凡響了，只是小妹倒成了班門弄斧。」

石砥中苦笑一聲，正待要解釋自己並非七絕神君之徒，卻已見到那個丫鬟正捧著一面瑤琴自內室走出。

一張長几橫在室中，小桃將那面瑤琴擺在几上，便束手走出室外。

孫婷君將墊子擺在地氈之上，瞥了石砥中一眼，默然伸出十指放在琴弦之上。

琴音一縷跳出，隨著嬝嬝的青煙，散在室內，似夢幻樣的音韻，頓時將石砥中的心靈吸住。

婉和而柔細的琴聲裡，有一個絢麗的故事。

含著淡淡哀愁的故事裡，有一個美麗的少女……。

第十八章　橫琴弦雨

她站在沙灘上，銀色的月光灑落在她白色的衣袍上，使得她更加聖潔美麗……。

石砥中緩緩閉上眼睛，彷彿看到那少女姍姍然向著水流潺潺不停的小溪走去，她那白皙的玉足踏進溪水裡，讓清澈的溪水洗濯著……。流水滑過小溪，被溪底的圓石激濺起一朵朵的白花，那輕脆的聲響，正似珠落玉盤……。

石砥中默然忖思，在他的腦海裡，那聖潔的少女正是他魂夢縈繞的東方萍。

「萍萍！」

他輕輕地呼喚了一聲，誰知琴音突然一頓，停了下來。

他詫異地睜開眼來，詫異地望著孫婷君。

請續看《大漠鵬城》4　狂沙萬里

風雲武俠經典
大漠鵬城【三】橫劍江湖

作者：蕭瑟
發行人：陳曉林
出版所：風雲時代出版股份有限公司
地址：10576台北市民生東路五段178號7樓之3
電話：(02) 2756-0949
傳真：(02) 2765-3799
執行主編：朱墨菲
美術設計：許惠芳
業務總監：張瑋鳳

出版日期：2025年8月
版權授權：蕭瑟
ISBN：978-626-7695-04-3
風雲書網：http://www.eastbooks.com.tw
官方部落格：http://eastbooks.pixnet.net/blog
Facebook：http://www.facebook.com/h7560949
E-mail：h7560949@ms15.hinet.net
劃撥帳號：12043291
戶名：風雲時代出版股份有限公司

風雲發行所：33373桃園市龜山區公西村2鄰復興街304巷96號
電話：(03) 318-1378
傳真：(03) 318-1378
法律顧問：永然法律事務所 李永然律師
　　　　　北辰著作權事務所 蕭雄淋律師

行政院新聞局局版台業字第3595號 營利事業統一編號22759935
ⓒ2025 by Storm & Stress Publishing Co.Printed in Taiwan
◎如有缺頁或裝訂錯誤，請退回本社更換

定價：340元　　版權所有　翻印必究

國家圖書館出版品預行編目資料

大漠鵬城／蕭瑟 著. -- 初版. -- 臺北市：風雲時代出版
股份有限公司，2025.07
　　冊； 公分
　　ISBN 978-626-7695-04-3 (第3冊：平裝). --

863.57　　　　　　　　　　　　　　　　114003702